雨花忠魂 雨花英烈系列纪实文学

向死而生

陈子涛烈士传

张荣超 谢昕梅 著

江苏凤凰文艺出版社

图书在版编目（CIP）数据

向死而生：陈子涛烈士传/张荣超，谢昕梅著. -- 南京：江苏凤凰文艺出版社，2025.1
（雨花忠魂：雨花英烈系列纪实文学）
ISBN 978-7-5594-8386-7

Ⅰ.①向… Ⅱ.①张…②谢… Ⅲ.①纪实文学–中国–当代 Ⅳ.①I25

中国国家版本馆CIP数据核字(2024)第008330号

向死而生：陈子涛烈士传

张荣超，谢昕梅 著

出 版 人	张在健
责任编辑	张　婷
装帧设计	马海云
责任印制	杨　丹
出版发行	江苏凤凰文艺出版社
	南京市中央路165号，邮编：210009
网　　址	http://www.jswenyi.com
印　　刷	南京新洲印刷有限公司
开　　本	880毫米×1230毫米　1/32
印　　张	5.75
字　　数	105千字
版　　次	2025年1月第1版
印　　次	2025年1月第1次印刷
书　　号	ISBN 978-7-5594-8386-7
定　　价	34.00元

江苏凤凰文艺版图书凡印刷、装订错误，可向出版社调换，联系电话025-83280257

"雨花忠魂·雨花英烈系列纪实文学"丛书编委会

徐 缨　徐 宁　于 阳
吴逵隆　毕飞宇　郑 焱
鲁 敏　高 民　邵峰科

目 录

001　　引　子

004　　第一章　童年忧国事

014　　第二章　革命的种子

030　　第三章　结缘《广西日报》

069　　第四章　《文萃》像一把利刃刺向反动派胸膛

093　　第五章　《文萃》照亮了同胞们前进的道路

110　　第六章　中统侦缉《文萃》

130　　第七章　坚定的共产主义信仰

161　　尾　声

164　　主要参考文献

引　子

亲爱的读者们！这本小册子是我们用血的代价换来的，希望你们保藏它，并把它传遍开去，让每个人都知道：几千年来的压迫快要被消除了！一百年来志士仁人奋斗以求的新中国，就要诞生了！大家快行动起来，用行动来迎接新的伟大事变！

这是 1947 年 7 月陈子涛烈士为最后一期上海地下刊物《文萃》所写的前言。

这个前言是中国共产党人庄严的宣言，也是为《文萃》而壮烈牺牲的烈士们（陈子涛、骆何民、吴承德）的遗言。

陈子涛烈士是中国共产党的优秀党员，是著名的《文萃》三烈士之一，是抗日战争和解放战争期间涌现出的优秀的新闻工作者、有骨气的民族英雄、文化人的光辉典范。

陈子涛为党的新闻工作，为中华民族的解放事业献出了宝贵的生命，他的一生是短暂的一生、光辉的一生、战斗的一生。陈子涛烈士的英雄事迹，将永远铭刻在人们的心中。

著名诗人臧克家代表作《有的人》中这样写道：

有的人活着

他已经死了

有的人死了

他还活着……

他活着别人就不能活的人

他的下场可以看到

他活着为了多数人更好地活着的人

群众把他抬举得很高

很高

陈子涛就是诗人表达的那个"群众把他抬举得很高,很高"的人。

第一章
童年忧国事

出身贫家

陈子涛,字家禧,1920年12月28日出生在广西郁林县古定镇(今玉林市玉州区,1956年经国务院批准,正式将"郁林"改为"玉林",后文统称"玉林")新地村的一个教师家庭。家境贫寒，全家六口人仅有三分多地，靠租种地主的土地维持生计。广西，古属百越之地。因其地处西南边疆，逐步形成了自身独特的历史文化。长久以来，这里是少数民族的集聚区域，土司统治占据主导地位。到明清时期，汉人的迁入对于地方文化的丰富和发展起到了重要的推动作用。民族文化的交汇与融合、经济生产的跃进与繁荣，成就了一批熠熠生辉的南疆名城。而玉林便是其中的一座。

陈子涛的家乡玉林在古代被称为"鬱林州"，有玉树琼林之意，其地处桂东南，四周环山，是广西的盆地，因胜景如林，有"岭南美玉"之称。又因其地处华南与西南的交会处，千百年来的文化交融与经济往来使之成为名副其实的岭南都会。"鬱林"作为地名，出现较早，其范围并不等同于今天的玉林市。从先秦时期起，经历了鬱林郡、鬱平县、鬱林州等名，其地域范围也随之变化。到宋代时，今玉林的部分地区划入"鬱林州"，设州治所于南流县（今玉林市），玉林的基本辖区和城市名称才基本稳定下来，至今千余年，故后人称玉林为"千年鬱林"。

玉林位于广西最大的盆地之中，相较于广西"七山二水一分田"的地貌，玉林相对平坦的地形、较为集中的土地使之成为八桂大地的"粮仓"之一。玉林是广西地区汉人较早进入并较多留居的地区，直到今天，玉林地区的多民族交融文化依然是当地的重要特色之一。早期奔赴玉林的汉人，或经商，或种地，渐渐扎根并世代定居于此。在此过程中，崇儒奉道的汉文化与信奉蚂拐的壮文化相互影响、交融，丰富了玉林的城市文化，造就了今日的文化名城。

历史上，玉林的治所设立在城区腹地的西就社区。"西就社区地域小，面积约1平方公里，世居居民不足万人。"而成为玉林州、府、县治所的所在地却已有千年。因为位于玉林城区的中心位置，陈子涛生于斯长于斯的西就故土见证过诸多历史事件的变幻和风云人物的沉浮。而陈子涛，后来也成了这片故土的骄傲。

1925年，未满五岁的陈子涛就随父亲在本村的小学读书，1930年考入县立第一小学就读，1935年入省立玉林初级中学。陈子涛从小酷爱读书，在家里那间既无楼梯又无窗口的小阁楼上，读了很多父亲和哥哥给他的书籍。

陈子涛的中学时代，正值抗日浪潮汹涌澎湃的时期，在进步教师党员的组织发动下，陈子涛积极参加夏令营、抗日座谈会、抗日歌咏队、抗日剧团等群众组织，为宣传抗日救亡积极工作。

陈子涛学习勤奋，成绩优异，在学生中具有较高的威望，曾被选为学生会代表出席了在柳州召开的广西省进步学生代表大会。

陈子涛个子不高，常戴一副宽边眼镜，头上顶着一蓬马鬃般的硬发，象征着这个广西青年的耿直与不屈，而他那微微上翘的嘴角，总挂着几分微笑，给人以忠厚、真诚、善良和热情之感。陈子涛在他短暂的一生中，生活上艰苦朴素，助人为乐，展现出他广泛的学养和高尚的情操。

陈子涛的祖父是秀才出身，辛亥革命后，做过县参议会的文牍员，后来参议会撤销，祖父就一直没有事干。祖父做文牍员期间，培养他的四个儿子从玉林五属中学毕业，并把其中的两个送去广西桂林法政专门学校读书。

陈子涛的父亲是祖父的长子，中学毕业后被留在家里照顾祖父母，没有再读书。祖父没有什么家业，一两亩水田和两间十多平方米房子。但他养育了四个儿子，生活不易维持，只好从大蒸尝田里又租来两亩多田雇工耕种。另外，每隔五年可以有一次小蒸尝田的轮耕，这样勉勉强强维持一家人的生活。当时许多同一时代的人都称赞他靠这样的家底能够送几个儿子去读书是件了不起的事。

父亲为了照顾祖父母和三个弟弟的生活，他负担了雇工耕种的工作，另外还当了本村小学的教员。对于这种生活他是不满意的，他曾经不顾一切地跑到南宁、桂林去，企图找事做。可是在那时候，没有任何熟人做后台，结果只能是白跑一趟，去了几个月就空手回来了。从此以后就一直做小学教师，到1950年才被动员退职。

陈子涛的父亲大概是1912年结婚的，母亲姓张，娘家虽然是开糕饼店的，但她早就没有父母，张家的产业与她没有任何关系，她没有从娘家那里得到什么东西。

父母亲结婚后，1915年生下了第一个儿子陈铁生。1920年生了次子陈子涛。1925年生下第三个儿子陈家坦。

父亲的三个弟弟都在父亲结婚后陆续结了婚，房子不够住了，只好向同在一家中的兄弟借房住。

陈子涛在小的时候是跟父亲住在本村小学里的，后来（大约是他读县立第一小学的后期）父亲失业了，陈子涛只好回家里，跟弟弟住在母亲装杂物的阁子上。

那个阁子既无楼梯，又无窗，高不到两米，热天上去是十分难受的。可是陈子涛却在那里住了几年。那里不但是他的住室，也是他读书和做练习的地方，晚上一盏小油灯（玉林叫作龙珠灯）照着他读书和做练习到深更。

当地人民为了纪念陈子涛这位玉林优秀儿女，激励后人，不忘初心，决定将这座简陋的住所建成"陈子涛烈士纪念馆"，教育青少年要向陈子涛烈士学习，热爱祖国，热爱人民，热爱中国共产党，立志成才，报效祖国。

爱读进步书刊

陈子涛在小学时期正是日本帝国主义入侵我国东北的时候，抗日的浪潮也涌向玉林这个僻处广西南部的小城。陈子涛在学校里受到抗日浪潮的影响，唱起了抗日歌曲，看了抗日标语，听到教师抗日的讲话，为他后来积极走向抗日打了一点思想基础。

陈子涛与弟弟陈家坦兄弟俩有着共同的童年时光。从小学至初中，陈子涛与家坦一起生活，共同度过艰难困苦的童年时代。

家坦懂事的时候，陈子涛在附近小学读书，陈子涛的学名叫陈家禧，生得黑黑瘦瘦的，那是因为营养不良。陈子涛从小不苟言笑，沉思的时候比较多，庄邻都说他是个小老大人，少年老成，他听了也就付之一笑。陈子涛看的书很多，晚上常常到深夜，小煤油灯灯光暗淡，致使陈子涛从小就近视了。家坦不知他在看什么书，常常要陈子涛讲故事，陈子涛便会给家坦讲《水浒传》里的英雄如何行侠仗义、除恶济贫、为民除害，讲着讲着，就会感慨，未来自己也要成为一名像《水浒传》里面的英雄人物，扫尽天下一切黑暗，为民请愿，行侠仗义，做一个对社会有用的人。

这些书影响了陈子涛敢于反抗的性格。陈子涛的家族庞大，特别是父亲的兄弟较多，十几户兄弟叔伯共同住在一个大的院子里，从血缘角度说，都是些近亲属，但因各户基础不同，走向不同，有的人成了地方小绅士、小财主，有的人成了小职员，有的人成了教师，也有自耕农、佃农，更多的是小手工业者、小商人，还有的人从事纺织、缝衣、打工、卖豆腐豆芽等职业。

小绅士、小财主的家里不把穷苦人家看在眼里，特别是对待小孩子，经常挑起事端侮辱穷孩子取乐。陈子涛因为生得黑瘦，绅士、财主只叫陈子涛"黑三"（排行老三），不叫学名。这种带有侮辱性的"诨名"，让陈子涛心中非常反感与不满。陈子涛读四年级时，一个财主婆娘看陈子涛放学回家蹲在门槛上等待吃饭，便故意高声叫道："黑三！你还不吃饭做什么？"陈子涛听到后并不理会她，财主婆娘见陈子涛不理她，又连叫："黑三，黑三！"陈子涛脸气得紫红，大声嚷叫："谁是黑三？皮黑总比肠黑好！"那个财主婆娘羞得满脸涨红，瞠目结舌，落荒而逃。

1935年秋，陈子涛考进了省立玉林初级中学，这个阶段正是抗日烽火燃遍全国的关键时期，玉林处于桂南的偏僻小镇，抗日救亡运动在中共地下组织的领导下也开展得如火如荼。陈子涛受到抗日救亡运动的影响，表现得十分活跃，他积极参加了学校组织的各种抗日活动，包括宣传策划出墙报、贴标语、游行示威、组织抗日集会、参加抗日宣传剧团等，陈子涛的表现非常出色，并很快成为学生抗日骨干分子。陈子涛全身心投入抗日救亡中去，有时忙得连饭都顾不上吃，寒暑假也很少回家。

那时家坦在城里读初级小学，在学业上陈子涛经常帮助他，特别是遇到学业上的疑点难点，陈子涛耐心帮助他释疑解难，从不厌烦，也不批评，让家坦感觉到像老师、父亲一样的温暖与关怀。

陈子涛还经常利用为家坦辅导作业的机会去初级小学搞抗日宣传，特别是将他们排演的剧目拿到家坦的学校去公演。有个搞魔术的同学问陈子涛："抗日宣传为什么要搞魔术？"陈子涛笑笑说："我们是为人民大众做事的，要宣传就得吸引大众来，大众来了才有人听你演说，讲抗日道理，搞魔术是要吸引人来，就像演出《放下你的鞭子》一样，搞魔术也是为了抗日，做吧！"这个同学听陈子涛这样一说，就笑了，高兴地去做了。

陈子涛除积极参加学校组织的宣传活动外，假期还参加当地组织的夏令营，在夏令营中读抗日的书籍，参加抗日问题大讨论，十多人撑着大标语，手里拿着标语旗到街上游行，发动群众踊跃抗日。

就在那个小阁楼上，他广泛阅读了大哥陈铁生在中学读书时留下的以及朋友留存在大哥那里的书。

陈铁生是陈子涛的长兄，也是进步青年。曾经接受过我党广西党组织地下工作者朱锡昂烈士的熏陶。后因宣传革命主张，从事共产党地下工作而入狱。据陈铁生回忆，当时陈子涛阅读的主要是他读中学时和朋友一起留下的进步书籍。陈铁生回忆其中有巴金的《灭亡》、高尔基的《我的童年》，还有一些"20世纪30年代中国无产阶级革命文艺书籍"。巴金在1929年写成的长篇小说《灭亡》，深刻控诉了黑暗的社会，描述了激进青年的反抗，在当时产生了强烈的社会反响。《我的童年》是高尔基以自身为人物原型的小说。

那时候陈铁生在玉林《晶报》社担任外勤兼编第三、四版，时常要陈子涛写些文章给他，每逢稿件缺乏时，陈铁生就从中选些出来用笔名刊登，这对陈子涛也是鼓励和训练。

陈家坦也回忆说大哥留下的这些书在二哥心里的地位很重。多年后陈子涛在《广西日报》社当记者时，返家探亲期间还曾问过陈家坦："大哥留在家里的书看了多少？大哥留下的书都是很有用的，认真读，只要能读好家里的书，已经够你用了。"

陈子涛也爱读父亲和兄长保存的《水浒传》《三侠五义》《西游记》等小说，他常常为梁山好汉的英雄侠义，包拯的除暴安良、不畏权势，孙行者的嫉恶如仇、敢于抗争所深深吸引。

陈子涛不仅课余读书较多，本身的学业也抓得很紧。他在读小学时，学校为了激励学生好好学习，提高同学们的成绩，曾经设立了"十名榜"以鼓励竞争。所谓"十名榜"，就是每次测验、月考、段考的前十名，都会在榜上依次公布。上了榜的同学会感到十分光荣，没有上榜或者上了榜又落榜的同学则会感到懊恼。据同学陈日亿回忆，陈子涛学习刻苦用功、不偏科，各科都经常上榜，常常位列榜单前三名，深受老师的喜爱。有一次，陈子涛位居第十，名次在陈日亿之后，就连着三天睡不着觉。尽管学习竞争激烈，但陈子涛性情温和，与同学们的关系很好。

在良好的学习氛围里，陈子涛积累了丰富的知识，也锤炼了学习能力。这都为几年之后他成为一名优秀的新闻工作者打下了坚实的基础。

他也从这些小说中吸取了养分，形成了他后来那种不为名不为利不谈恋爱见义勇为敢于反抗的品格。

第二章
革命的种子

接触先进组织

陈子涛在初中读书时期,是他一生走向抗日,走向革命的关键时期。

1935年夏,陈子涛完成小学的学业之后,从县立小学顺利毕业了。据其兄长陈铁生回忆,陈子涛在中学入学考试中曾被录取入县立师范学校学习。后来,在兄长的建议下,通过家中亲戚帮忙,陈子涛转入广西省立玉林初级中学就读。

玉林初级中学是有着深厚革命传统的学校。玉林最早的党组织就与这个学校有渊源。该校的前身是陈子涛的父亲就读过的玉林五属中学,后发展成为广西省立第九中学、广西省立玉林中学。该校校长是朱锡昂。1907年,朱锡昂考入广东实验学堂(后改为广东高等工业学堂)。1911年在广州加入同盟会,参加黄花岗起义。同年冬毕业后回广西,先后任玉林五属教育团副团长,玉林五属中学、南宁府立中学、怀集(今属广东)县中学校长。1921年任广西省议会秘书长,因不满官场黑暗,次年辞归故里。因办学成绩卓著,1924年11月被选派赴日本、菲律宾考察学习,其间结识中共党员恽代英。1925年由恽代英介绍加入中国共产党,并奉派回到玉林从事党的工作。通过恽代英的介绍而光荣入党的朱锡昂,又把革命的种子带到了玉林的沃土上。1926年春,他建立了中共玉林县支部,任支部书记。

被誉为"八桂先驱"的朱锡昂入党后带回一批马列主义书籍给学校师生阅读,并发动学生订阅《向导》《新青年》等进步书刊。他专门请人绘制了马克思和列宁的像悬挂在学校礼堂两旁,还热切地把恽代英邮寄给他的革命书刊介绍给学生,发动学生阅读革命书刊。每周的星期一，他都亲自向全校师生做演讲，内容大多是马列主义学说。而且，他还将每周的星期六定为学校的"工农运动日"，组织和安排师生下乡宣传马克思主义，演讲革命真理。

1925年五卅运动期间，该校学生曾在校长朱锡昂的带领下投入了声援反帝斗争的活动。1926年，朱锡昂又利用国共合作的有利时机，更加积极地在校内校外开展革命宣传活动。北伐战争开始时，朱锡昂领导全校师生组织宣传队，分赴城区和乡村开展宣传，动员广大工农群众大力支援北伐战争。1927年四一二反革命政变后受国民党当局通缉，朱锡昂被迫离开学校，赴上海向党组织汇报和请示工作。其后，朱锡昂辗转上海、武汉、广州、香港和南洋各地从事党的活动，并曾任中共广西特委书记和中共广西临时省委主要负责人。1929年6月初，朱锡昂在玉林县新桥榕木根村筹划端午武装暴动时遭到敌人的包围。为掩护同志撤离，朱锡昂不幸被捕。落入敌手之后，朱锡昂始终大义凛然、威武不屈，没有吐露一丝一毫党的秘密。1929年6月8日，朱锡昂被敌人杀害在玉林县城郊区。朱锡昂牺牲后，他播撒的革命种子仍然在玉林的土地上生根、发芽。包括陈子涛的哥哥陈铁生在内的后来者接过先烈手中的旗帜，继续奔走、奋斗在玉林地区。

陈子涛入读玉林初中之际，正是中共地下组织努力在玉林恢复党组织工作的时期。踏入这座充满革命氛围的校园之后，陈子涛接收到了进步思想的持续熏陶，思想觉悟和人生境界不断提高。

1934年8月23日，省立玉林中学在新学期开学之际被改组为初级中学。陈子涛是该校完成改组之后报考招生的第一届初中生。

陈铁生认为，1935年秋至1938年秋在玉林初中读书的整整三年，是二弟陈子涛走向抗日事业、走上革命道路的关键时期。中共地下组织开设在玉林初中校门斜对面的一家革命书店，首先成为陈子涛在中学期间接受进步思想熏陶的重要场所。

据《中国共产党玉林历史》一书记载，1936年，面对抗日救亡群众运动进一步高涨的形势，中共郁江特委筹委会的领导人陈岸、黄彰决定在玉林县城开办一个书店，作为党的宣传阵地，以推动玉林五属抗日救亡工作的开展。北流县的中共地下组织成员凌建平受党组织的指派，与陆川县的中共地下组织成员黄经柱到玉林县城共同筹办书店。不久，凌建平在玉林县城横街的省立玉林初中对面租了一间房子做门店。又经过一番筹备，1936年10月，书店正式开业，名为"新生书店"。该书店经营有革命倾向的报纸刊物和一些内容进步的文学著作及社会科学丛书，如：《世界知识》《文学》《文学季刊》《读书生活》《妇女生活》《作家》《光明》和《自修大学》等期刊，鲁迅的《呐喊》《彷徨》《而已集》《华盖集》，巴金的《家》《春》《秋》，曹靖华、郑振铎翻译的外国文学作品《铁流》《钢铁是怎样炼成的》，艾思奇的

《大众哲学》《街头讲话》，李达的《辩证唯物论大纲》，等等。该书店是玉林五属各县之中唯一专营进步书刊的书店，周边陆川、北流、博白等县的青年学生也常来这家书店购书。对陈子涛而言，如此丰富的进步书籍，从学校门口穿过马路就可以在斜对面的书店读到，无疑让他拥有了一片新文化、新思想的新天地。书店开办后到陈子涛离开玉林之前，他常常在学习之余到这个书店里，从这些书刊中吸取养分，探寻革命真理。陈铁生回忆，自己的弟弟从书店那里读到了许多进步的书籍。

这家对陈子涛有重要影响的书店，是中共地下组织自己积极筹措资金而开设的。为了解决资金问题，他们曾分别在北流、陆川等地以股集资的形式，在进步青年学生和亲朋好友中募集资金，凌建平甚至卖掉了自家的田地作为开办资金。中共地下组织就是以这样的革命精神在玉林开辟了一块宣传阵地。

当时，这家书店不仅仅是中共地下组织传播进步文化，宣传抗日救国思想的文化阵地，更是他们在玉林地区开展革命工作的一个战场。中共地下组织的多个重要会议在此处召开。此前指示在玉林建立书店的陈岸，后来担任中共广西省工委书记时多次到新生书店检查工作。

这家书店产生广泛影响后很快受到国民党特务的监视和干扰，有几次险些被国民党查封，但是经过党组织的各种努力和斗争，书店还是开办了下来。后来，陈铁生投身革命事业的时候，也曾在这里参加过中共地下组织的活动。

1937年全民族抗战开始后，许多抗日革命的书刊也是通过这个书店涌向了玉林各地，革命精神和思想也随之影响到了玉林社会各阶层。为了配合日益高涨的抗日救亡运动，书店当时增购了大批中国共产党主办的《新华日报》《群众》《解放》等报刊以及其他进步报刊。据《玉林文史资料》记载，当时"每天到这里寻求革命真理，向书问道的读者川流不息。新书新报刚到即被抢购一空，成为玉林五属重要的抗日文化中心"。为了满足读者的需要，书店还经常翻印重要的书刊，如《共产党宣言》《论持久战》等。在全民族抗战期间，新生书店以"抗日"和"为人民大众服务"为方针，虽然条件比较简陋，环境比较艰苦，但工作人员都很努力，在比较困难的物质条件下把书店办得有声有色，受到了广大读者的赞誉。有时候店员还会把新上的书刊摆到醒目的位置以便传阅，或者把《新华日报》上的重要文章、最新报道剪辑下来装订成册，方便读者了解。

陈子涛那时还是贫苦的初中学生，并没有多少钱可以用来购书。他此前在家里阁楼上读到的进步书籍主要是哥哥陈铁生和哥哥的朋友们留下的。但读初中以后，在学校附近有这样一个"重要的抗日文化中心"可以自由阅览，拓宽了陈子涛阅读进步书籍的视野。在玉林初中读书的三年，陈子涛就在这家书店各类进步书刊的熏陶下，思想上有了很大的进步。

除了这家革命书店，陈子涛还有幸在校园里得到了中共地下组织的指引。陈铁生回忆，在1937年春，共产党员陈业堃、黄冀贤及一些进步教师到玉林初中任教。他们以后也成了陈子涛思想上的引路人。在校园之中，陈子涛一次又一次聆听了陈业堃等教师的教诲，思想上不断受到新的启迪。

1937年3月，来玉林创建书店并从事地下工作的凌建平和玉林初中的中共地下组织成员陈业堃、黄冀贤接上了组织关系。后来他又通过陈业堃和陈铁生等取得了联系。4月，凌建平、陈业堃等几名党员建立了中共玉林县小组，陈业堃担任党小组长。此后，玉林县重新恢复党组织的活动。党小组随后的工作计划是在学校和农村开展各项工作，把抗日救亡运动推向前进。

陈铁生回忆，陈子涛在陈业堃等中共地下组织成员的指导下，"无论在思想上，还是学习上都有很大的进步"。陈子涛渐渐对很多理论和现实问题都有了自己的答案，也越来越明确自己的人生方向。此前读小学时在心底埋下的爱国主义思想的种子，也因这样良好的教育环境而迅速萌芽，让他在成长之中更加关心国家命运、民族前途。

在中共地下组织到校园任教半年多的时候，卢沟桥头的枪声震惊了全国，七七事变宣告了全民族抗战的开始。抗战洪流涌动之际，在求学道路上接受了多年进步思想熏陶的陈子涛，虽然还只是一名在校读书的初中生，却开始主动参加到抗日救亡宣传工作中。从此以后，陈子涛从思想和行动上，都站到了革命和正义的一边。

抗战爆发后，玉林县抗日运动蓬勃发展。在陈业堃的指导下，陈子涛积极参加了陈业堃组织的各种抗日宣传活动，并在各种组织中热情工作，成为玉林初中学生里面一个参加抗日工作的积极分子。在各学科的学习上，陈子涛也勤奋学习，获得优秀成绩，加之作风正派，因而在学生中具有较高的威望，被选为学生会的股长，并被选为玉林县初中出席广西全省学生代表会议的代表，到柳州参加全省学生代表会议。

邹韬奋的演讲指明了革命路

邹韬奋（1895年11月—1944年7月24日），原名恩润，乳名荫书，曾用名李晋卿，近代中国著名记者和出版家。江西余江县潢溪乡人。1922年开始从事教育和编辑工作。1926年接任生活周刊主编，以犀利之笔，力主正义舆论，抨击黑暗势力。1931年九一八事变后，邹韬奋在上海全身心投入抗日救亡运动。1935年12月，他与沈钧儒、厉麟似等人组织成立了上海文化界救国会。1936年11月，国民党为了扑灭国内的抗日烈火，逮捕了正在领导抗日救亡运动的救国会领导人沈钧儒、邹韬奋等七人，酿成七君子事件，遭到全国人民，包括宋庆龄、何香凝等社会名流的强烈反对。邹韬奋出狱后辗转重庆、汉口、香港继续开展爱国救亡工作。1926年10月，担纲《生活》主编。刊发抨击国民党时弊的文章，这些文章对陈子涛的影响很大。

1937年冬，上海沦陷后，全国抗日救国会的领导人邹韬奋、沙千里和著名左翼文化人金仲华、沈兹九等撤到广州，取道梧州玉林转武汉。1938年春，文化界进步人士邹韬奋等一行人路过玉林，发现新生书店内有《新华日报》《救亡日报》《抗战》《世界知识》《妇女生活》《理论与实践》等进步报刊和各类进步书籍在售，十分赞赏地说："想不到玉林这个不大的地方，能办起这样一个规模不小的进步书店，了不起呀！有你们这样一批热心于宣传抗战的爱国青年，中国有希望啦！"在经过玉林时，陈子涛在陈业堃、黄冀贤以及进步教师的支持下，不管学校当局同意不同意，率领一部分男女学生到邹韬奋、沙千里等人的下榻处——玉林酒家，请求邹韬奋等到玉林初中演讲。邹韬奋等为这一群青年男女学生的爱国热情所感动，毅然答应了他们的要求，同他们到玉林初中的操场对全体学生做了关于抗日的慷慨而热情的讲话。讲完话后，学生们又拥送他们回玉林酒家。当陈子涛知道他们第二天又要离开玉林后，一群男女学生还到车站欢送他们。

由于这个行动事先没有得到学校当局允许，学校当局十分不满，但由于陈子涛他们的行动得到全校大多数教师和全体学生的支持，顽固的学校当局也奈何不得，后来只好不了了之。这件事锻炼了陈子涛的思想和行动，让他意识到当局的软弱。在这次活动圆满成功后，陈子涛为抗日救亡宣传奔走、呼吁的劲头更足了。

《归来》

在初中最后阶段，陈子涛曾于1938年3月11日写下一篇作文《归来》。作文以第一人称记录了他参加寒假抗日宣传工作的几段印象深刻的经历：

在1938年初的寒假里，陈子涛和梧州高中寒假服务团在玉林曾共同举行了一次"火炬歌唱游行"。在筹备中，陈子涛安排同学准备好火炬，其他人一起动员更多同学前来参加。最后，大家高举火炬，在玉林的大街小巷唱响了《义勇军进行曲》。陈子涛以抒情的笔调，记载下了这激动人心的一幕：

"起来！不愿做奴隶的人们！……"

一条坚强的火龙，发着勇猛的吼声，蜿蜒着穿过了每一条街，人们的心在燃烧着，店伙们都从店里跑出来，许多人跟着光明的路走。

他震醒了多少迷梦的人，震破了多少敌人的胆。

热血从我们的心中沸腾起来，发出了雄壮的歌声，烧起了灿烂的火把；工人、农民、士兵、学生、店伙、公务人员、岗警，他们都被引发而狂热起来了；墙壁、树木在倾听着：光明遮盖了玉林城的一切，但对于甘心卖国、阻挠抗战的汉奸，却在不遗余力地暴露着。

1938年年初，在初中最后一个寒假里，陈子涛还见到了一位参加八一三淞沪抗战时负伤而辗转返乡的排长。在抗战洪流之中，陈子涛第一次见到在前线为抗击日寇而流血的勇士，觉得十分激动。他在作文之中写下了一段热情洋溢的评述：

流血，的确是可痛可怕的事情，但在战士们看来，却是幸运的，无上光荣的代价，他们在中华民族的每一块国土上，用他们的鲜血深深地打下了烙印，标明那永远是中华民族的地方，并非任何暴力所能夺取的。虽然现在有些地方给日寇占据着，但他们将踏着他们打下的烙痕，用鲜血夺回来，清算这六年来的血债！

> 他的一生是血的一生，他要再用血洒在民族解放的鲜花上。

这文采斐然的段落，既是陈子涛心底抗战热情的真实写照，也展现了他经过初中阶段的苦学和阅读之后，已经拥有了可以胜任抗日宣传的好文笔。

陈子涛也看到了当时社会的阴暗面。这位负伤的排长告诉他："我受伤后，便回到汉口医治，后来好了一些，我才返回来，沿途都是免费乘车的。但是，入到梧州，却要我的车费，后来说了许久，才得半费乘车。"陈子涛得知后以愤懑的笔调又写下一段话：

> 对于这些为民族解放而挂彩的战士的优待，应该是全国一律执行，使他们能返家乡，将来有再上战场的机会，以及给后进者以鼓励。如果是贪财者希图借此剥削战士钱财的话，那更应该严厉铲除。

在寒假的抗日宣传之中，陈子涛也亲眼看见国民党乡长、村主任对抗日宣传的阻挠。还看到了因为国民党的组织不力，1938年年初的时候，玉林境内的抗日宣传工作又变得较为迟缓、冷清。他为此带着失望、反思在作文里写道：

平津、上海陷落后,在敌人的铁蹄下言论被制止了,民众被屠杀了,一切的行动都没了自由,沉寂得冷冷清清的,只有一座死的城池。

后方玉林,她虽没有陷落,没有受着敌人的欺压,而且有着相当的行动和言论的自由,但沉寂的气象不会比平津、上海好吧!

在城里除了几个冷清清的没人光顾的,或只有一两个人光顾的壁报和地图外,一些救亡工作的表演都找不到,人民依然是过着"太平年",在这里抓不到一点"非常时期"的"非常"气味。

的确太沉寂了!究竟我们对这神圣的民族解放的责任是太放弃了!太对不起国家民族,以及前方浴血抗战的将士了。

在这整个寒假中,虽说到农村去,事实上我是在城市和农村间的道路上踯躅着。

这一次工作不能展开,最大的原因是未能发挥集体的力量,各个力量都在分散着。

在此前送别邹韬奋等进步文化人士时,陈子涛曾带领同学们一起唱响《义勇军进行曲》。 这首曾在邹韬奋心里留下深刻印象的歌曲,这一次又是在陈子涛的带领下回荡在玉林城大街小巷的上空。 雄壮有力的歌声,伴随着火炬的熊熊火光,再一次给陈子涛家乡的民众以深深的震撼。

"火炬歌唱游行"之后,陈子涛在假期里还组织了其他重要的抗日宣传活动。例如,在《归来》中,陈子涛就以"二千多个眼睛"为小标题记述了向民众表演抗日话剧的情景:

梧州高中寒假服务团定4日晚在大府园表演话剧。我们决定参加这一话剧,所以又忙了一天。

虽然是冬天,但在这里,却十分地温暖,太阳高高升起,除了树木的叶子、鸟蛙们藏了起来,丝毫感觉不到冬天的气象。晚上,月亮和星星的光芒照射着大地。

四面八方的人从四周围聚起来,他们的眼睛在监视着剧台。

在演"汉奸的末路"的时候,"汉奸"被拿住了,台下二千多个眼睛一齐怒视着他,甚至有好些人大声地喊着"杀了他!"。当我们演"从军"一剧,我们高呼着"杀呀!""冲呀!"的时候,他们怒吼了……

看到这样热烈的反响,陈子涛深受鼓舞,随即感受到这一切"充分地证明着:要发动民众,组织民众,训练民众,武装民众,绝不是一个'等因、奉此'就能动起来的"。而这样一次抗日宣传活动大获成功,也让陈子涛对"群众工作"有了一份更深刻的理解。他在《归来》里写下这样的感悟：

> 在做群众工作的时候，要包含着种种的工作技术，现在绝不是喊一句口号或写一张标语所能发生效力了，我们必须从适合民众的要求，切合民众的生活入手，我们需要着锻炼我们工作的技术。

1938年春，陈子涛开始了初中的最后一个学期。这其实也是他求学之路的最后一个学期。在作文《归来》的结尾，陈子涛提笔写下了要和学校师生们一起深入群众、继续为抗日宣传做出贡献的志向：

> 我回到了学校，我恭维着这含着伟大的力量的学校。
> 根据过去一期的工作经验，我们应该更积极地开展起来，我们要应用我们集体的力量深深地入到群众里面。
> 这希望不会成为"空中楼阁"吧！

让抗日宣传深入人民群众的理念，是中国共产党在抗战期间宣传工作的重要方向之一。在中共地下组织成员的教育和引导下，陈子涛不仅领悟了这样的理念，也努力尝试着实践这一理念。

在抗日宣传工作中茁壮成长的陈子涛，思想进一步成熟、能力进一步增强。更重要的是，陈子涛逐步建立起了通过从事文化宣传工作为祖国和人民而奋斗的志向。

1938年秋季，陈子涛初中毕业后，按照广西省政府的规定，到武鸣参加广西中学生集训总队，接受军事训练。集训期间，陈子涛认真阅读进步书刊，积极参加宣传队和抗日后援会等活动，深入农村广泛开展抗日救亡运动，激发广大群众的抗日热情。

第三章
结缘《广西日报》

宣传抗战必胜主张

1938年秋,陈子涛初中毕业,按照广西省政府的规定,初中毕业生都要接受半年的军事训练,陈子涛就在这时候离开玉林到武鸣接受军事训练。军训持续一个学期,但结束后不见他回家,一直到 1939 年冬,家人才接到陈子涛从桂林写回的信,说是军训结束后投考了记者训练班,并在《广西日报》当了记者。陈子涛来到桂林之后,看到这里较为繁盛的新闻事业,记忆之中来自邹韬奋的热情鼓励被唤起。随后,他听说广西当局招收学生军从事抗日宣传的工作,就立即报名参加。其后,他随着学生军的一些学员参加了中国青年新闻记者学会。

中国青年新闻记者学会 1938 年 3 月 30 日成立于武汉,是中国共产党领导的抗日民族统一战线组织,以团结广大青年新闻记者、促进抗日宣传为目的。武汉沦陷之后,中国青年新闻记者学会一度向长沙、桂林转移,并且随后在桂林设立了南方办事处。在党组织领导下,"青记"(中国青年新闻记者学会)的感召下,陈子涛逐步树立了通过从事记者工作来参与抗日宣传的理想。在"青记"的活动之中,陈子涛投考了记者训练班。

据陈铁生回忆,当时,曾任小学教员的父亲已失业在家,而他的工作收入也很少。在这种情况下,要维持一大家人的生计,很是困难。自幼懂事明理的陈子涛固然好学上进,但这样的家庭条件让他难以要求继续读书念高中。于是,他投奔了在南宁工作的一位亲叔父,希望能在南宁找到工作。那时候这位叔父的家眷都不在南宁,叔父只身一个人在市区的农民银行工作。于是,他很热情地招呼陈子涛在他的家中暂时住下。然而,不久之后侵华日军的飞机空袭南宁。叔父住的房子不幸在日军的"无差别轰炸"中倒塌。所幸的是,仅是行李受到一些损失,陈子涛和叔父及时转移,都平安无事。

这一番遭受空袭的经历,让陈子涛更对日本帝国主义的战争罪行有了切身的认识。在此之后,通过叔父的帮助,陈子涛又到桂林去寻找工作。当时,桂林已经成为中国共产党在重庆之外建立的又一重要的文化工作阵地。在党组织指导、引领之下的桂林文化抗战事业让陈子涛的才华有了用武之地。古城桂林,也因此成为陈子涛新闻事业起步的地方。

全面抗战初期,日寇的铁蹄踩踏在华北、华东的大地之上,从我国沿海向更辽远的内陆侵入时,桂林又一次在文化领域担负了历史的重任。当时的桂林不仅是交通枢纽、内迁经济的承接地,更庇护了一大批文化人士,进而成为大后方的文化重镇。

1938 年 11 月中旬,八路军桂林办事处成立,作为党在国统区西南地区一个公开的合法机关。党组织从武汉、广州撤退部分党的干部和文化工作骨干来桂林组织、引导、领导文化活动。1938 年 12 月到 1939 年 5 月期间,周恩来同志还三次到桂林,对统战工作和抗日文化宣传工作做了重要指示和具体部署。

在中国共产党抗日民族统一战线思想指引下,遵循中共中央南方局的指示，中共桂林各级地方党组织利用新桂系和蒋介石集团之间的矛盾，在国民党桂系上层、国民党左派、党外民主人士和进步文化人中积极开展统战工作，不仅为开展桂林抗战文化创造了有利的政治环境，而且团结了大批民主人士和进步文化人士，组织起浩浩荡荡的文化大军，推动了桂林抗战文化大发展。也正因如此，桂林这座古城在1938年之后就迅速赢得了"抗战文化城"的美誉。全面抗战时期，中共桂林地方党组织覆盖面很宽，遍布各机关学校、文化机构和社会团体，不仅有效地保证了党对桂林抗日救亡工作和抗战文化的领导，也推进了党的统战工作的开展。

当时在新闻界，《新华日报》桂林分馆、《救亡日报》的党组织，一方面通过自己的报纸宣传抗战，教育、发动群众坚持抗战；另一方面团结桂林新闻界进步新闻工作者，推动桂林抗日新闻事业的发展。在这样的背景下，以桂林为代表的广西报业随即兴盛起来。

广西时局当时相对稳定，暂时没有位于日寇的进攻路线上。这座城市又是连接西南大后方和东南战区的要冲，在这里办报具有地理上的优越条件。当时，由于战局形势的变化，许多外省报纸迁入广西，如影响较大的《扫荡报》《救亡日报》《大公报》《力报》等，竞争激烈。对于诸多外省报刊的迁入，广西省主席黄旭初表示大力支持。1939年2月，黄旭初表示："报纸数量的增长，销路扩大，对于民众教育启发宣传，裨益至大。"新桂系在全面抗战初期对新闻事业这种开明的态度，对于新闻界的发展不啻是一种支持和推动。不久，桂林迅速成为大后方新闻事业最为发达的城市之一。

随后，陈子涛开始投考新闻记者工作。1939年冬天，广西省政府机关报《广西日报》在桂林招考工作人员。由于出色的才华和优秀的活动能力，19岁的陈子涛以练习生的身份考入《广西日报》，被录取为外勤记者。刚初中毕业的陈子涛，年纪轻轻就成为一份大报的记者，充分说明他素养过硬、才华过人。

陈子涛成功考入的《广西日报》，是能够代表当时广西地方政府机关意志的权威报纸，但是在其报道视角上却也呈现出进步文化人士掌握报社编务的某些特征。因全面抗战初期新桂系比较重视国共合作，桂林政治氛围比较宽松，对待共产党人和进步文化人士持开明态度。《广西日报》报社中的进步文化人士就当仁不让地将报道的主动权掌握在自己手中。当时曾有多位著名左翼文化人士在桂林暂住期间为《广西日报》做出过贡献。例如：著名作家艾青就曾担任过《广西日报》副刊《南方》的主编，并且参与过该报的国际新闻编务。在这样的背景下，虽然从武汉失守之后，蒋介石麾下的"中央系"报纸渐渐开始掀起了反共逆流，但是当时在《广西日报》这里，"反共消息则极力避免""凡有关反对共产党的文章，既无人写，来稿也被束之高阁"。这一十分有利的政治环境，较为适合受到进步思想熏陶多年的陈子涛开展新闻工作。

陈子涛到《广西日报》工作后的上级、该报总编辑莫乃群晚年时回忆：当时在桂林，"抗战、团结、进步的思想得到许多宣传阵地"，并且明确地确认《广西日报》"为进步文化人所控制"，认为这"是统一战线的一个体现"。莫乃群还曾回忆，陈子涛是当时《广西日报》社之中最年轻的一位记者，"为人沉实朴素，很有才华，能跑，能写，他的热诚而坚毅的性格，给我留下极为深刻的印象"。

莫乃群认为，外勤记者工作"需心明眼亮，要腿勤、口勤、手勤，要能钻、能说、能写"。而陈子涛虽然"文化程度不算高"，但是在莫乃群的回忆里，"担任外勤工作都做得很好"。莫乃群归纳的能钻、能说、能写三条，对照新闻工作实践标准，其实分别对应了既要有快速找到新闻素材的能力，又要有能够通过自己的口才进行采访的能力，而且为了确保当天可以让新闻见报还要具备快速完稿的能力。陈子涛担任外勤记者后，在工作之中经受了以上三方面能力的考验，很快成为一名合格的记者。

从陈子涛刚入报社不久发生的一件事，就可看出他的出众能力。当时，报社一连两天都丢失了照相机，而总编辑莫宝铿曾看到采访部主任张洁的房门口走过一位柳州某报的记者，就派陈子涛去了解此事。陈子涛只花了一个上午的时间便完成了调查。原来,正是那位记者盗窃了报社的两台照相机,盗贼被一举抓获。这种追踪和判断能力被陈子涛应用于后来的新闻采访中,使其能够报道出不少重大新闻。

1940年5月9日,在枣宣会战中和日军作战时受伤的抗日将领钟毅,掩埋随身的作战资料之后举枪自戕。据中国人民抗日战争纪念馆编著的《抗战英烈谱》一书的记载,《新华日报》当时曾多次报道钟毅的抗日事迹和牺牲经过。对于这一位受到社会各界尊敬的抗日阵亡将领,陈子涛以深情的笔调写下了桂林人民对将军的纪念。

连日不停的天雨,到昨天下午才稍稍放晴,虽然天际依然飘动着惨白的浮云,但它却使人感到爽凉与明朗。钟故师长的灵榇就在此时受着千万人真诚的悼念,目送着由火车南站安抵了巍峨的七星岩前,大家满以为今天的天气总应该晴朗了,可是,一早上,天又沙沙地下起倾盆大雨来。一群一群的人并不因受风雨的打击而屈服,强韧地怀着悲愤的心跨过那发出强大的复仇怒号和激起汹涌澎湃的反抗巨浪的漓江,踏上泥泞的道路,他们再也无心去瞧那面目模糊的远山与暗淡失神的草木,一步步沉痛地朝那钟故师长的灵前走去。拿那"天上大星沉,八桂风雨同惨淡;人间纷雨泣，三军箙鼓共悲哀"的挽联来形容今天的景况，真是再恰当没有了。

祭棚是朝南搭的，"浩气长存"四个大字很刺目地高悬在棚的正中，两旁的彩花柱上烘托出"是中华民族之光，陷阵冲锋诚属吾党健者；为全国同胞而死，成仁取难堪称模范军人"的对联让棚内充满了肃穆的气氛，一缕缕的檀香撩起人们内心的悲愤，中间是一张祭坛，坛上供奉着猪羊与时果珍肴，在两支光明的烛炬上面，烘托出英俊的钟将军的遗像，遗像的后面便是由一大幅党旗继盖着钟将军的灵柩。两旁则悬挂着领袖和李白黄各长官的挽联，蒋委员长是这样地痛悼钟将军的："洒血洗腥毡，励袍泽；树立风声，仇忱九世；捐躯护民族，衽金革，果敢武勇，气壮三军。"

记得民国二十六年十一月，钟将军身任旅长率领八桂健儿，出发浙皖抗战，桂林各界民众正热烈万分地举行欢送，不时把捷报传来，果然，太湖一役首建奇功，而守武胜关，保七姑店，以七昼夜的血战尤能击败敌寇，在鄂北两次大捷中，钟将军都造下了不少光荣的战绩，荣获海陆空军甲种奖章，可是，在三年后的今天，钟将军回来了，这次回来却给我们带回了无限悲痛与仇恨！

抗日战争爆发，上海、太原沦陷后，广州亦告沦陷。那时由于国民党的片面抗战，人们对抗日战争的前途问题充满着悲观与失望的情绪，甚至有人提出"中国必亡论"的悲观论调。毛泽东同志发表了一系列关于抗日战争的文章。学员们以中队为单位，认真组织学习毛泽东发表的抗战文章，组织抗战救国宣传，分赴广阔的农村，宣传党的全面抗战和宣传毛泽东同志的"论持久战"的战略方针，动员群众、组织群众、发动群众，全面抗战，成立抗日后援会，积极支援前线。在这段时间里，陈子涛是队里的领导小组成员，他夜以继日地忘我工作，晚上起草宣传提纲，白天带领宣传队到农村开展宣传工作，刷墙标，召开座谈会，订立抗日救亡公约，演话剧，陈子涛的身上有使不完的劲头。

那时，宣传队内部斗争十分激烈，陈子涛坚信，那些反对抗日者，坚持着"抗日必败"的悲观者必将受到历史车轮的无情碾压。这些反对抗日者总认为我们的武器装备远远不及敌人，常常在群众中散布恐怖言论，宣传反动思想。陈子涛在党组织的教育下，正确地分析了当前敌我形势，并主动站了出来。在队内会议上，根据毛泽东同志发表的几篇关于抗战的文章，严厉驳斥了"亲日者"的荒谬言行，争取群众，积极抗日，团结了绝大多数的同学，统一了队内的抗战思想。

经过陈子涛宣传队的艰苦细致的工作，对推动群众性的抗日工作起到了一定的积极作用。农村中订立了群众性的抗日公约，鼓舞了群众积极支援前线抗日的热情，更重要的是经过大张旗鼓宣传抗日以后，"抗战必胜，中国必胜"的信念得到了强化，从而挫败了"抗战必败，中国必亡"的悲观论调，使民众真正地看到了抗战的前途，民众保家卫国的信心更足了。

在组织群众、发动群众、宣传群众的过程中，陈子涛发挥了聪明才智，为抗战胜利贡献了力量。

揭发孔二小姐丑闻

1942年陈子涛在桂林《广西日报》工作，他任记者，和报社同仁一道，经常撰写抨击国民党消极抗战的文章，以及在采访中大量寻找揭露国民党内部的材料。陈子涛嫉恶如仇，热情工作，不断地刺激着国民党腐败黑幕的每一根神经，也引起了国民党的仇恨。

当时，香港已经沦陷，撤到广西桂林的进步文化人士很多，在桂林的山城发生了一件事。

陈子涛在报道中不仅揭露国民党官员腐败，还敢于揭露国民党的专权霸道。太平洋战争爆发之后香港很快沦陷，许多此前暂住香港的进步文化人士都欲返回内地，迁至大后方。在这次"文化迁移"过程中，发生了一件引起公愤的事：

在香港沦陷的前夕，国民党最后一班飞机到达香港，准备把住在香港的国民党要员接回重庆。当时孔祥熙的二女儿也在香港，当时很多文化人也急着离开香港，但国民党的飞机都不让进步的文化人士乘坐，而孔二小姐把她心爱的小狗、家私什物统统搬上了飞机，使一些文化人士无法乘机离开香港。飞机抵达重庆后，国民党左派元老何香凝揭发了这件事情。在桂林的文化人士夏衍、洪深、田汉等以这一件事为背景，编写了四幕话剧《再会吧！香港》在桂林公演。在公演的第一天晚上，戏才演了第一幕，广西省政府民政厅的厅长邱昌渭突然带了一队武装到戏院内宣布停演的命令。当时全场的观众感到十分气愤。陈子涛和《广西日报》的部分记者和编辑也去看了演出，当时，陈子涛见此情景，即发表演说。他说，香港尚有一大批爱国文化人没有离港，而孔二小姐的爱犬和家私却占据了半个飞机，试问，孔二小姐，是你的爱犬重要，还是爱国文化人士重要？并厉声喝道：我们一定要将这些丑闻公布于众。第二天，陈子涛就在《广西日报》上揭露了孔二小姐的丑闻，引起了社会各界的极大愤慨。

由于舆论都支持进步文化人士演出话剧《再会吧！香港》的正义行动，过了一段时间，大概是政府感到压力太大吧，《再会吧！香港》的四幕话剧终于又改名为《风雨旧舟》在舞台上演出了。

1942年秋，由于广西掀起了一股反共的逆流，桂林中共地下组织被敌人破坏很严重。当时市内中共地下组织急需撤离城市，为了掩护中共地下组织的撤退工作，陈子涛千方百计协助撤退人员办理通行证（记者身份证件），使共产党员梁祖纯、黄克荣等人安全撤离。陈子涛在《广西日报》的工作持续到1944年桂林沦陷之前。在此期间，他始终是一名尽职尽责的新闻工作者，表现出了过硬的职业道德。1943年，报社创办《广西晚报》后，已担任《广西日报》采访部主任的陈子涛，也配合过好友刘火子而参加了该报的工作。当时日军空袭是常有的事。而这份报纸出的"晚报"，白天时间须抓得特别紧，否则报纸来不及按时出版印刷。刘火子作为同事亲眼看到，对于日军飞机的狂轰滥炸，陈子涛从来不畏惧。即使拉响了紧急警报，他也不进防空洞；若采访路上遇到敌机轰炸，他也从不躲避；伏案写稿时，即便日军的子弹从他附近狂扫而过，他也照旧写他的稿子。虽然这个时候的陈子涛职务已晋升为采访部主任，但是他的作风还是像刚入职时那样兢兢业业。

回到阔别故乡

1943年夏天，陈子涛突然回家。事前他没有告知家人回家的一丁点消息，乍见到母亲，一下扑进她的怀里。母亲不禁潸然泪下，连声喊着"我儿呀，我儿呀！"

陈家坦回忆，在《广西日报》工作的二哥陈子涛回家乡探亲时，曾意味深长地对他说："大哥和我走的路和一般人不同，希望你以后也能跟上，跟哥哥一起走。"而陈家坦听了以后回答说："你这意思我懂，大哥在家时经常有人来和他讨论时局问题，讨论完便印传单，我还得做帮手呢！"陈子涛随后很高兴地笑了，对弟弟说："就是这样子，这条路非走不可，杀头也要走，就看你以后努力了。"这一对话也是一个佐证，显示陈子涛到《广西日报》工作之后已确定要走和大哥陈铁生一样的革命道路。

那时，家坦已读初中二年级，看到哥哥陈子涛自然高兴万分，兄弟俩拥抱了好长时间。陈子涛明显地黑瘦了，脸上多了一副金边眼镜，穿一件肩头与袖口磨白了的蓝色士林布衬衫，一条灰色裤子屁股上还破了个洞，但陈子涛精神很好，诚朴地微笑着。他像过去一样亲热地对待着兄弟家坦，陈子涛对家坦的学业非常关心，问这问那，问班里学生情况，问老师情况，哪个老师比较进步。家坦告诉陈子涛，同学们最敬佩的老师叫蒋承参老师，他对学生非常负责，呕心沥血，百问不厌。

课余时间里，蒋承参老师经常和学生一起谈心，还偷偷地指导学生读马列主义书籍。陈子涛听了家坦的叙述，非常兴奋地说："像这样的老师很难得，你要好好跟他学习，我读初中时也有这样的老师，比如坤五叔和黄冀贤老师，就像你讲的蒋承参老师一样。"陈子涛还说："要学点理论，没有理论做基础，不懂分辨是非，将来到社会上工作要吃大亏。我很后悔在学校时读书太少，理论基础不好，做起工作来困难特别多，逼迫我在采访之余要拼命地补课来充实自己。"

对陈子涛的突然回家，家坦心中有不少疑虑，但相隔多年乍见面还是满心高兴，宁愿逃学缺课也去陪着哥哥陈子涛，那时陈子涛也不问家坦为什么逃学缺课在家陪他。家坦陪陈子涛去街上玩，去外婆家，陪他去《玉林日报》社那里。社里的人问陈子涛在桂林做什么工作，陈子涛不好意思地拿出一张名片，名片上写着"《广西日报》社采访部副主任"。家坦一见，惊讶地问："哥呀，你当上了采访部副主任啦！那么大官呀！"业经叔笑笑说："不当大难道要当小吗？你哥哥在《广西日报》好几年，提做采访部负责人说明他有本事。"陈子涛不好意思地说："那是业务需要，我也没什么本事，只知道做这工作需特别卖劲。"

初识肖奕平

肖奕平是共产党安排在玉林地区的一名地下联络站工作同志。

有一天晚上，陈子涛叫家坦一起去街上。到了芳圆酒家，陈子涛说，我们来喝喝茶。他们就进了一个包间，陈子涛边喝茶边沉思，还不停地将注意力放在酒家门口,像是在等待什么人的样子。大约有半个钟头吧,果然有一个高大英俊的青年人进来了,见了他们便问:"哪位是陈子涛先生?我是肖奕平。"陈子涛赶忙起身和他握手说:"我是陈子涛,奕平先生还未见过面呢?我们正在等待你,请坐请坐!"没有几句嘘寒问暖,陈子涛便滔滔不绝地讲起了桂林的情况。大概意思是说桂林总的情况很好,广西容纳大量进步作家和知名学者到桂林,田汉从香港回来写了《再会吧!香港》,演出遭到了省政府民政厅禁止,激起义愤,新闻界群起反对民政厅此举,迫使民政厅做出让步,并于第三天照常演出。陈子涛谈到这里特别兴奋地站了起来说:"我们虽是广西的报纸,也不同情民政厅此举,同样发表反对文章,使省政府很是尴尬,但事后批评我们(指报纸)说省办的报纸不为省里说话。"陈子涛却说:"省办的报纸又怎么样?你做坏事让我们跟你?"奕平同志担心地说:"难道黎蒙(《广西日报》社长)也跟你们一样做吗?"陈子涛说:"黎蒙要维持他与文化界人士的关系,如夏衍、刘思慕、金仲华、韩北屏、冯宾符、沙千里……没有他们支持,《广西日报》就站不住脚,立不住根。现在名义上叫《广西日报》,自打这班名人加入之后,是按他们的意愿去办报的。"奕平说:"我看《广西日报》还是不够大胆,不像《大公报》那样敢于揭露国民党内幕,如子岗就很了不起。"陈子涛说:"《广西日报》也有难处,我看李白黄只是个装门面的，不是想真搞，进步文化人为什么支持呢？ 是想利用桂系与蒋介石的矛盾，搞到一切败露，李白黄也不同意，到时办不下去了。何况报社内部还有些人，这些人本事没有，可鼻子尖得很。"奕平笑笑不再吭声。

肖奕平说，陈子涛兄弟，你该大有作为的。

探访龙凌先生

龙凌先生是玉林地区一名进步的老乡贤。

龙凌与陈子涛是亲戚，又是同村人，陈子涛少年时就跟龙凌后面听到了很多乡里乡亲的有趣故事，特别是乡亲们斗恶霸、斗汉奸的一些故事。 龙凌还经常教育陈子涛要做一个正直的好人。 后来，龙凌被广西电影制片厂看中，去做了副导演。

几天之后，陈子涛又带着弟弟家坦来到龙凌先生家里，龙凌先生问陈子涛回来为什么，陈子涛不答，只说离家几年回来看看。 陈子涛把与奕平谈话的内容与龙凌先生谈了。 龙凌在谈话中也谈到去电影制片厂做了几年副导演。 回家好几年了，看到家里还有股爱国热情，龙凌说，回来还为战工团搞了几出戏，培养了几个演员，像周霖、晏秋、谭丕森几个人都可以，他们演戏还算聪明，要不是身处战乱，这几个演员凭着他们的聪明才智完全可以去拍电影。 龙凌说，我身体不太好，但长久在家也不是个办法，已经给蔡楚生写了信，叫他想办法让我回到制片厂去。 陈子涛说："对呀，你回到家里还算是好得很，要是看到那些成千上万流离失所的难民才够受呢！ 我在桂林看到这种情景眼泪直流呀！ 回到报社寝食难安，几天几夜都合不上眼呀。"龙凌先生沉默着，眼睛久久地望着陈子涛。

分别时，龙凌说，陈子涛，你还年轻，一定多多保重，我们要共同为保家卫国而战，我会很快回到电影制片厂，专门拍制保家卫国的影片来影响国民。 陈子涛紧紧握着龙凌的手说：龙凌叔，我们用不同的枪炮，向敌人开火，为民族独立而战。

坏在上头的人

一天早晨，陈子涛早早就起床，跟父亲说，早点煮饭，饭后要去探访一个朋友。 陈子涛跟家坦说，去探访的朋友姓唐，并多次嘱咐家坦，千万不要跟别人说这事。 他走后第二天便回来了，闷闷不乐的样子，可能是没有找到这位唐先生，但很快就恢复了平静。

陈子涛回家整整一个月，和在学校时的朝气蓬勃、充满活力有着截然不同的变化。 没事的时候总像在沉思什么问题，心事重重的样子，他又恢复到小学时代的沉默不语。 家坦知道陈子涛是个用脑子的人，虽不说话脑子总在不停地盘算着事情。 陈子涛有时会久久地望着母亲为孩子们补衣服，有时会望着一个地方长时间发呆。家坦总想着陈子涛有心事，终于有一天这个谜底揭开了。那天陈子涛要家坦回学校把所有日记和作文拿回家来给他看，他用了整整一天时间看家坦的作文和日记本，看到中间时微微地笑笑，有时也会皱着眉头。当天夜里，陈子涛就与家坦做了彻夜长谈，指出家坦作文除了文字修辞还幼稚外，主要是政治理论没根底，比如说，有一篇关于恋爱观的作文，陈子涛说，恋爱就是有阶级性的，富家的小姐绝不会嫁穷郎，你说只要互相了解就行这是不可能的，多少事例说明在学校时由于才学兼优会很受姑娘的爱慕，但因为家贫，即使姑娘有心也会遭受到家庭无情的反对，说家坦的作文中的看法只是幻想和空想。又指出一篇作文写驻扎在家里附近的国民党兵纪律败坏，聚赌嫖妓，互相争争打打，甚至拔枪拼火，动不动就要崩了彼此，最使人恼火的是在公用的水井框石上拉屎撒尿，这样的坏家伙还要人家叫他抗日将士。陈子涛说："你骂这些士兵有什么用，纪律不好，叫他打日本鬼还是去的，坏在上头打兵骂兵克扣粮食的人，这些人不准打日本。"

后来陈子涛问家坦，留在家里的书看了多少？家坦说，只看了大众哲学和写延安共产党情况的书，如《毛泽东传》《朱德传》《贺龙传》，有的书太深看不懂，如葛××著的《自然辩证法》。陈子涛听了高兴地说："《自然辩证法》我也看不懂，都是引用大学的数学、物理、化学例子来解释自然规律，我连高中也没读过，没办法看，政治经济学、哲学还可以死硬地钻下去。但你能读通俗一点的书就很好，既然读了点哲学，看社会科学的书籍便容易理解了，以后要读社会发展史，大胆找经典著作看。"陈子涛与家坦彻夜长谈，其实是在为家坦转脑子，确定他未来所要走的路。

陈子涛接到桂林《广西日报》寄来的一封信，陈子涛将信给家坦看，信上只有寥寥几个字，大意是说陈子涛回到玉林老家这么长时间没有回去，是不是在捞什么油水？信上没写陈子涛的名字，也没署写信人的名字。陈子涛一看，当即告诉父亲报社在催他回去了，决定后天即返回。

听说陈子涛要走，家坦和家里的亲友都十分难受，在剩下的两天时间里，陈子涛什么也不做，专心致志地教家坦学习玉林话拉丁化的读写拼译方法，临走前陈子涛突然对家坦说要他身上那件花格子衬衣，家坦当即脱给了陈子涛，陈子涛又把自己穿的那件蓝色士林衬衣脱下给家坦作为交换。走时，家坦送陈子涛到车站，一路上陈子涛谆谆地告诫家坦要好好读书，很多书在学校的课程上没有却是很重要的。

陈子涛对家坦说："如读完初中，只要我有能力一定想方设法支持你读高中，将来会对社会有更大的贡献。"陈子涛虽然去了桂林，自身穷困潦倒，连件像样的衣服都没有，还时时刻刻记挂着家里的每一个人。

满腔热血图报国

战地记者刘火子是陈子涛较早结识的报界朋友。

刘火子，生于 1911 年，1990 年逝世，曾用名刘佩生、刘宁。生于香港，原籍广东台山。家境贫寒，读完小学后就在香港打工谋生，靠自学成才。1927 年大革命失败后，许多革命人士撤至香港，他受到进步思想影响，逐步走上革命道路。20 世纪 30 年代初在中学任教，开始撰写文艺评论，并出版诗集《不死的荣誉》等。

1934 年至 1937 年在香港从事教育工作，并利用文学形式从事抗日救亡宣传工作。1936 年 11 月，参与组织香港进步团体联合发起的追悼鲁迅先生大会，任大会执行主席。抗日战争爆发后，进入新闻出版界，曾任香港《大众日报》记者，《珠江日报》采访主任，香港微光出版社、韶关《建国日报》编辑，并以战地记者身份到华南战场采访。

1937 年至 1967 年，先后在香港、桂林、重庆、上海等地的《文汇报》《广西日报》《广西晚报》等报刊担任领导工作。1938 年夏在香港，参与组织港九青年战地服务团，赴华北、延安参加抗日工作，并起草出发宣言。日本投降前后，在重庆《商务日报》任要闻版编辑。

"较场口事件"发生,国民党中央社做了颠倒黑白的报道。他和石西民、浦熙修、高集、毕群5人代表重庆各报进步记者42人起草了《致国民党中央社的公开信》,指责该社捏造事实,歪曲真相,并提出抗议,因而被报社开除。1946年3月任上海《文汇报》要闻版编辑。1947年7月赴香港,在《新生晚报》任《新潮之钥》副刊主编。翌年9月参与《文汇报》在香港复出的创办工作,先任编辑主任,后任总编辑。

日本帝国主义发动侵华战争,像倾泻了一盆充满血腥的河水,瞬息之间从华北蔓延到华南。珠江流域广大城乡顿时沦入苦海。香港同内地的交通被切断,信息被隔绝,香港人民十分希望了解家乡亲人受苦受难的情况。

为了及时报道粤北和桂南的战争消息,刘火子作为香港《珠江日报》的"战地记者",曾多次来到桂林,做短暂的停留。刘火子每次前来,都与陈子涛有接触。当时陈子涛在《广西日报》当外勤记者,同刘火子常有联系,还帮助刘火子解决许多难解的问题。很快他们就交上了朋友。刘火子十分喜欢陈子涛为人正直、诚恳、工作负责、敢于同恶势力做斗争的品质。陈子涛与一些年龄相仿的记者不一样,考虑问题沉着冷静,性格内向沉默寡言。其他记者嘻嘻哈哈,有说有笑,又唱又闹,陈子涛却躲在一旁看书。

陈子涛也有十分欢乐的时候,那就是当他工作顺利或者听到他所鄙弃的人处境不佳的时候,这时他会情不自禁地随着大伙儿高唱流行歌曲:"你！你你！你这个坏东西！"

对朋友,陈子涛非常热诚。他见同志遇到困难总是乐于相助。1943年圣诞之夜,桂林差不多所有医生都参加狂欢舞会去了,恰巧刘火子的老母亲突发脑出血,危在旦夕,多亏陈子涛四处奔走,好不容易请来了一位老医生为刘火子的老母亲进行抢救,几天之后,刘火子母亲病故,又是陈子涛帮忙料理后事。

刘火子同陈子涛进一步成为密友。那时日本帝国主义发动太平洋战争,占领了香港。日军在香港登陆之后,不到十天刘火子便通过封锁线,偷渡到了韶关,八九月间来到桂林。其时,原在香港主办《珠江日报》的黎蒙也在桂林,正在筹备接办《广西日报》。他看见刘火子来了,就要刘火子担任《广西日报》的采访部主任,并接纳刘火子的推荐,由陈子涛担任副主任。他们得以在一起工作,都感到十分高兴。

《广西日报》是广西省政府的机关报,是国民党桂系的喉舌。众所周知,国民党桂系与蒋系一向有矛盾。桂系为了做出比蒋系开明的姿态,在对待知识分子问题上,采取比较重视的政策,允许他们在广西定居,还安排他们在桂林一些文化机关里工作,使桂林赢得"文化城"的美称,黎蒙接任《广西日报》后,也奉行桂系这一政策,邀请一批文化界影响较大的知识分子到报社来担任主笔之类的职务，例如金仲华、千家驹、张锡昌……都来写过社论。与此同时，一些曾在上海、香港办过黄色小报的报痞子和一些与CC系特务文人有关系的"报人"也通过种种关系钻了进来，盘踞在编辑部和经理部的要害部门，与社会上的CC分子沆瀣一气，互相勾结，做各种坏事。

在这乌烟瘴气的环境中，陈子涛仍旧坚持自我，不忘初心。

刘火子初到报社，一个在广告课任职的CC分子故意给刘火子看一封信，这是CC一个头目写给他的，信中说，"当局"对有影响的文化人十分关怀，准备给要求救济的文化人每人每月若干"津贴"。CC分子得意地问这笔钞票要否？刘火子认为这是诱饵，当场拒绝了他。事后同陈子涛谈起这事，陈子涛也说此人不是好货色，善于逢迎拍马，很会钻营，他这样做不过想拉人下水，结成帮派而已。大家必须注意他，告诫青年记者不要上当。

可是斗争是不以人们意志为转移的，当时桂林社会上的确有那么一些特务文人，把自己打扮成"社会名流""雅士""票友""慈善家"；他们每做一事，必通过报社广告课的这个人，发表文章，吹捧他们这些雅集、饮宴和演出借以抬高他们的社会地位，起初陈子涛和其他编辑人员对这些"文章"是表示将就的，只把一些过分肉麻的压了下来。可是日子一长，这类稿子愈来愈多，他们就不客气了。广告课的那家伙十分恼火，常向黎蒙告陈子涛的状，甚至想用阴谋手段加害他们。后来刘火子负责《广西晚报》，陈子涛接替刘火子担负采访主任，他对采写暴露CC分子行径的报道更为积极。一个国民党女骗子骗得著名电影明星胡蝶大量衣物委托桂林一家"寄卖行"廉售，被胡蝶发觉向法院提出上诉。万金油老板的妻子、女明星紫罗兰被一个军统分子借骗二万元，屡催不还，紫罗兰不得不向法院投诉。所有这些暴露特务分子丑恶面目的报道，报社里的那家伙总想方设法制止刊登，陈子涛他们哪肯答应，反而更为显著地登载。广告课的人便向黎蒙提出要么他们辞职，要么我们不干。可是黎蒙没有答应这些家伙，这些家伙就罗列十二条罪状，趁驻桂林的中统特务下重庆汇报工作时，向他们头子告陈子涛这些人的黑状，这十二条罪状中不仅有刘火子和陈子涛的，还有《广西日报》和黎蒙的，连女明星紫罗兰也有。

陈子涛对广西省政府所属单位犯了法的官员，也不讲情面。广西省食糖专卖公司监印专卖证，从中牟利，陈子涛不仅发了新闻，而且连续发了通信、特写。即使广西省政府警务团违法开设赌局，陈子涛也不怕他们有打手，照例写了报道，气得该团头头要刘火子和陈子涛去吃"讲茶"（流氓黑话，承认错误，赔礼道歉）。陈子涛决定前去，不能示弱，否则今后工作难做，"讲茶"那一天，形势相当紧张，他们说陈子涛干涉自由，陈子涛指责他们违法，各不相让，他们随来的彪形大汉竟准备动手了。后来黎蒙得悉情况严重，通知对方顶头上司进行调解，方不了了之。

深得黎澍器重

黎澍，1912年2月7日生于湖南醴陵，中国历史学家。曾就读于北平大学法商学院商学系。1936年加入中国共产党。

1937年七七事变后，投身抗日战争。先在家乡长沙创办抗日刊物《火线下》（季刊）。1937年12月起，参加创办中共湖南省委机关报《观察日报》，并任总编辑。

1940—1941年间先后在桂林、香港任国新通讯社经理。

1943—1945年9月任成都《华西晚报》主编。

1946年任上海《文萃》周刊主编。

1947—1948年间先后任香港新华通讯社总编辑和《华商报》编辑。

1944年，第二次世界大战已经接近尾声，德、意、日轴心国集团的最后失败已初露端倪。为扭转战争形势，日本帝国主义在中国发动了"一号作战"，即"打通大陆交通线"作战。国民党称之为"豫湘桂会战"（分为豫中会战、长衡会战和桂柳会战三个阶段）。在整个豫湘桂会战期间，国民党军损失近60万兵力，丢失大小城市146座、空军基地7个、飞机场36个，丧失国土20多万平方千米，造成6000多万同胞陷于日寇的铁蹄之下，中国人民的生命财产再次遭受巨大损失。从蒋介石到国民党决策集团都对此深感震动。蒋介石自己后来也从将领表现、军纪败坏、丧失民心等角度对作战失败进行过深刻反思。

桂林的失守发生在桂柳会战之中。1944年9月上旬至12月中旬，日军在占领湖南省长沙、衡阳后，采取"分进合击"的战术向广西省的桂（林）柳（州）地区发动进攻。中国军队防守再次不利，全州、桂林、柳州等地很快失守。

抗战史学界对桂林的作战失败有这样的检讨和反思：桂林保卫战，原本预期守城3个月，结果不到半个月便惨遭失败。守城部队在这场战役中无疑是失败的，直接导致了大半个广西沦入敌手。国民党军在整个桂柳会战中的失败，与之前的豫中会战、长衡会战一起，构成了抗日战争时期国民党正面战场的第一次重大溃败。而这次大溃败，却发生在当时国际国内的战争形势都对中国有利而对日本侵略者十分不利的情况下。所以这种结局大大出乎当时满怀希望的全国人民的意料。

在世界反法西斯战争节节胜利的形势下，中国正面战场出现的豫湘桂连续溃败，对盟军的作战造成了严重的不利影响，极大地损害了中国在世界反法西斯战争中的形象,也使国民党统治当局在中国人民和盟国面前威风扫地。而这一严重失利期间,桂林等城市数以千计的进步文化人士被迫撤退、转移。陈子涛在桂林的办报生涯也到此结束。

值得注意的是,在桂林沦陷之前,陈子涛作为新闻工作者,曾经冒着生命危险到一线战地采访。

据记载,陈子涛将在这一阶段采访经历的亲身见闻,包括沦陷区人民的苦痛、国民党的腐朽无能都于1945年写入了名为《撤退二千里》的长篇新闻通讯里。

1944年,侵华日军进攻桂林时,陈铁生在后方"从《广西日报》《扫荡报》《大公报》的联合版上",看到自己的弟弟陈子涛"以前线特派记者的身份发出的头条电讯"。陈子涛作为前线特派记者写下的新闻,可以刊登在报纸的"头条",显示出他当时是位置最为靠前、了解战况最为详细的战地记者。

然而,这篇战地新闻,是陈铁生在广西看到的最后一篇二弟署名的消息。陈铁生回忆"以后他负责什么工作,就不清楚了"。这是因为随着1944年11月桂林的沦陷,陈铁生也被迫结束了在广西的办报生涯,西迁到四川继续从事新闻工作。

据刘火子回忆,1944年冬,桂林沦陷前夕,面对危急的形势,报社当权者黎蒙等人急欲撤离，匆忙之间先后任命刘火子担任报社的总编辑，要求刘火子负责迁移报社的印刷器材；刘火子带队迁移之后，黎蒙又任命留守的陈子涛为报社总编。在来到《广西日报》工作的第五年，陈子涛成为总编。而这样一个身份，也成了他留给广西新闻界的最后背影。

社长黎蒙这样安排，是将自己的担子全部卸下扔给了陈子涛、刘火子等人，他自己则坐飞机飞往了重庆，还分文不留地带走了报社运转所需的资金。

社长黎蒙等人扔下报社后，社内人心惶惶。危急之际，陈子涛以坚韧不拔的意志最后留守，在日寇压境之际继续让报纸发出抗战的声音。

刘火子当时率领第一批职工，又带着妹妹、外甥和部分印刷物资，经柳州先行撤退到宜山；随后，陈子涛又带着一批排字工人也来到宜山。同路奔波逃难，陈子涛不忍看职工生活困难，便想办法维持他们的生活。陈子涛了解到当地没有报纸，便四处张罗，物色到宜山的一家小印刷厂并与其合作，用他们撤退时携带的一部分《广西日报》社的铅字，办了一份小型报纸。据刘火子回忆，当地原本没有报纸，这些报纸发行后，受到当地读者的热烈欢迎，工人们的生活境况得以稍稍改善。但没过多久，这些报纸被同样从桂林撤退、逃难至此的省政府教育厅看中,将其当作一个生财的门路,竟然以登记手续不完备为借口强行接收了设备、物资与职工。这样,陈子涛等人又一贫如洗。当时同行的刘火子还带着一个妹妹和两个外甥,囊中空空荡荡、分文无有,一行人只能继续艰苦的逃难生活。

据刘火子回忆,为了生存,他带着妹妹和小外甥沿途摆地摊,将随身的东西一路变卖,艰难维持途中的生计。而在长途转移的途中,陈子涛找到一名同乡盐商,想方设法说服对方,请求盐商允许众人乘坐运盐车前行。作为酬报,陈子涛则给盐商做伙计,一路上充当押运员。路上走走停停,大家的吃住都靠陈子涛为盐商做伙计而维持着。

跋涉了很久,陈子涛和刘火子等人才赶到贵州省省会贵阳。随后,他们又从贵阳转移到"陪都"重庆。进入重庆的一个上午,因蒋介石所乘的车子要从山上住处开出,公路被封锁,陈子涛一行人行至海棠溪公路时则被拦住。陈子涛见状,气得面孔通红,破口大骂,直呼蒋介石"王八蛋"。在路边停靠三个多小时后,他们方得以继续前行。刘火子作为陈子涛的同事和撤退的同路人,从湘桂大撤退开始,经过半年的颠沛流离生活,眼看国民党军队"外战外行"兵败如山倒,到处散兵游勇,打家劫舍,腐败无比……他后来评述道:"这个时期陈子涛想得特别多,议论也特别多。应该说他的思想大飞跃是从这个时候开始的,这是促使他进一步向往党向往革命的一个重要时期。"到重庆后,刘火子和陈子涛等人住在难民收容所,打听寻找新闻界的朋友,并很快与在渝进步人士取得联系。随后他们二人曾在一份共产党发起的、重庆各界进步人士参与的"反内战、争民主"的文件上郑重地签上了自己的名字。

不久后,广西省政府驻重庆机构表示要救济陈子涛等人。此前抛弃员工逃走的《广西日报》社长黎蒙也表示要为陈子涛安排工作。此时已决心彻底脱离国民党报界的陈子涛——予以拒绝。他从重庆前往成都。经过《华西晚报》主笔、共产党员黎澍介绍,到党组织领导下的《华西晚报》任要闻编辑。而引荐陈子涛来到《华西晚报》的共产党员黎澍,多年之后曾经这样深情地评述陈子涛前往成都《华西晚报》时经历的重大人生转折:"他在这里开始创造了他的光辉的斗争历史。"

作为陈子涛在桂林时期好友的唐海,当时已在《华西晚报》工作。他后来回忆陈子涛是在1945年2月来到成都的。此时距抗战胜利还有半年左右时间。陈子涛也是在这座城市终于迎来了抗日战争的最后胜利。

离开家乡广西来到四川,确实是陈子涛人生的一次重大转折。此前他更多的是作为一名进步记者,秉持着自身的进步思想与国民党的恶势力斗争。到四川之后,他很快就投身到中国共产党在国统区直接指导和推动的进步新闻事业之中。

陈子涛到成都供职的《华西晚报》当时刚经历了一次重大转型。

皖南事变后不久，四川《华西日报》同仁筹集一部分资金，创办了《华西晚报》。《华西晚报》于1941年4月创刊后，至1947年6月1日，由于国民党特务机关施行白色恐怖，搞"六一大逮捕"，被查封停刊。

自1941年4月创刊至1943年，该报在政治上始终处于灰色地带，以社会新闻和某些趣味性作品取悦读者。而在1944年以后，它在极其艰苦、复杂的环境下，在国民党统治区民主运动的高潮中，《华西晚报》高举"和平、民主、自由"的旗帜，站在斗争的前线，起到了重要的宣传鼓动作用。

1943年12月初，在国内新闻界已很有名气的黎澍来到成都。此前在1936年就入党、参加进步学生运动的黎澍，在全面抗战期间按照党组织的安排，长期在包括桂林在内的多地参加各类新闻工作。他到达成都之后，与报社中的两位共产党员——总经理田一平、总编辑李次平相互配合，迅速控制了报纸。由于获得了几位主要编辑记者的支持，《华西晚报》就此开始肩负起为民众发声、揭露国民党反动统治的任务。黎澍回忆报社"对于一项确定了的计划，总是同心同德地全力以赴地推进"。

《华西晚报》的重大转型发生期间,据黎澍回忆,中共四川省委副书记张友渔从重庆来到成都。张友渔从全面抗战初期就从事过统战工作,有丰富的统战经验。他的到来,加强了省委同社会各方面的联系,协助了四川省民主同盟的建立,而民主同盟的成立则为《华西晚报》提供了一个临时的后台。民主同盟成立以后,宣布《华西晚报》为其机关报,由民盟主席张澜任报社董事长。陈子涛在《华西晚报》社的同事,曾和他住在报社一间房里的唐振常回忆:"为了寻求政治上的掩护,《华西晚报》托名为《中国民主同盟机关报》,张澜为董事长,罗忠信为发行人。实际这张报纸由中共四川省委领导,省委副书记张友渔直接司管。"

比陈子涛早一些到《华西晚报》工作的唐海,后来也曾回忆:《华西晚报》"名义上是中国民主同盟机关报,由民盟主席张澜任董事长。但是实际上经理、总编辑、主笔都是中共地下组织成员,党实际上控制了这张报纸"。更为重要的是,据《华西晚报》总经理田一平的回忆,这份报纸"不断得到南方局和周恩来的关怀和支持"。

可见,陈子涛前来供职的《华西晚报》当时已是在共产党直接领导下,并且是在周恩来同志亲切关怀下的重要宣传阵地。因此,经黎澍的引荐,陈子涛前往成都《华西晚报》担任要闻编辑一职时,实际上就已经直接在党组织的领导之下开展新闻工作了。

尽管工作和生活条件艰苦，承受的各种压力很大，但报社里的共产党人和进步人士都满怀信心和希望。他们痛恨国民党统治，下定决心要推翻它。他们每个人都将争取中国革命的胜利当作一项历史性任务，并为之奋斗。正像唐振常回忆的那样，"思想共通，精神一致"，对于生活上的艰苦"甘之如饴"，在报社工作期间"从无怨言"。而陈子涛也跟大家一起同甘共苦，满腔热忱地为进步新闻事业奋斗着。

在《华西晚报》工作期间，陈子涛的成绩十分出色。据唐海回忆，"陈子涛来到《华西晚报》后，工作上积极负责，不知疲倦，尽管生活上比较艰苦，但仍旧夜以继日地顽强战斗"。

《华西晚报》每月至少需编辑15万字的稿子。为此，陈子涛通宵达旦、不惧疲倦，日复一日地顽强工作。该报的《要闻》版本来有两名编辑，陈子涛负责了其中绝大多数的编务，后来便干脆由他一个人承包了。

陈子涛以高昂的革命乐观主义精神，毅然投身于反对国民党的民主运动，很快成为《华西晚报》的骨干。在这里工作的后期，陈子涛同唐海、唐振常、黄是云、车辐等几位进步记者相互配合，已经控制了整个新闻版面。至此，《华西晚报》"可说是完成了一次改组，所有同中统有联系的人，完全失去作用"。陈子涛在1946年夏季离开成都之前，已和新闻界的战友们对《华西晚报》完成了一次整顿工作，这对它的后续发展大有裨益。

陈子涛与报社同仁共同努力，踏实报道了大后方群众的爱国民主运动，尖锐地抨击国民党的专横独裁和腐败统治，使该报成为当时办得最出色的报纸之一。报纸每天都受到国民党新闻检查官的刁难，几乎每天都要经过斗争才能出版。1945年9月，《华西晚报》断然以最显著的版面，发表了宣布自动废除以战时名义强制实行的新闻检查制度的公开信，停止送审稿件，并呼吁新闻界采取一致行动。为此，《华西晚报》还联合成都文化界，出了《拒检》周刊，由陈子涛出任主编，叶圣陶写了发刊词，共出了两期。废除新闻检查制度的倡议，获得了国统地区所有非官方报纸的响应，迫使国民党宣布决定从1945年10月1日起废除战时新闻检查制度。

痛恨国民党反动派的罪恶行径

陈子涛在成都从事新闻工作，不像此前在桂林那样有国民党官办报纸的身份可以做掩护，因此承受的压力更重。但是，他以自己的勇气顶住了这样的压力。黎澍后来曾回忆："陈子涛同志有一种高贵的品质，这就是，当面对敌人的进攻的时候，不是退避，而是勇敢坚决地和敌人做斗争，一直到他们的最后一息。"勇于与各种黑暗势力斗争，这是陈子涛最为鲜明的生命底色。他也在严酷的斗争环境之中展现了自己的"勇敢坚决"。

在这一时期,成都的国民党反动势力十分猖狂,肆意破坏和镇压革命活动。在共产党的领导和影响之下,《华西晚报》反映了国民党统治区的一些实际情况,在言论报道中支持进步的爱国民主运动。随着《华西晚报》的影响日渐扩大,它也开始为国民党反动势力所注意。于是,反动势力开始威胁《华西晚报》工作人员的安全,派出国民党特务进行利诱,有时甚至直接进行破坏活动。陈子涛在《华西晚报》历次抗击敌人的斗争中,担当起了领头人的责任,发挥着先锋作用。

陈子涛到成都《华西晚报》工作之后,经历的斗争比之前更为严峻。他也逐步在斗争中成为一名党领导下的新闻斗士。

在这一时期,在进步新闻报道之中,因触及国民党反动势力的利益,《华西晚报》曾两度横遭捣毁。在这两次骇人听闻的暴行中,都能看到陈子涛作为一名新闻界斗士,英勇反抗暴行、誓死守卫报社的身影。

《华西晚报》频繁报道并评论学生运动、争民主、反独裁等相关话题,引起反对派的极大注意。由于各界人士的反对,国民党当局未能滥用权力将问题闹大,又使得民主运动爆发出更大的规模。1945年春,《华西晚报》第四版的一篇文章揭露了四川大学夜校"学生"的秘密，揭发国民党当局滥用权力，为培养爪牙与鹰犬，将"夜校"污染成为特务培养所的丑恶事实。于是，国民党当局决定采取非法手段，对《华西晚报》进行破坏，指示"三青团"学生上门进行"打砸抢"。

1945年4月18日夜间9时许，自称来自四川大学的50多名特务"学生"凭借任意捏造的借口闯入报社，来势汹汹，首先来到报社营业部进行破坏。据黎澍后来回忆，"其时晚报至迟下午一两点出版，工作早已完毕。营业部除了留下个把人看守账簿和少量现款，也不会有多少可以打砸的东西"，因此，暴徒们在这里打砸完毕以后，又蜂拥到报社的编辑部，企图绑架编辑同志进行殴打。"其时晚报无人工作，《华西晚报》夜班工作人员也还没有上班，倒是住在附近的军警联合行动组组长魏建中闻讯率队赶到，责以深夜侵扰报馆、威胁记者、扰乱治安，拘捕未及退走的学生二十八人。这天晚上，算是没有达到打砸的目的，还被抓了人。"然而不久，警备司令暗令将这群"学生"释放，这无异于放虎归山，给其卷土重来的机会。次日，这群特务"学生"肆无忌惮地纠集一批人，先砸毁《华西晚报》营业部，后浩浩荡荡地直奔编辑部，企图捣毁排字车间，使报纸不能继续出版。暴徒来到编辑部之后，扬言不论晚报日报的编辑我们都要会一会，甚至扬言"打烂再说"等语，报社里的工作人员纷纷离开躲避，唯有陈子涛为了保护报社的财产，主动留了下来，勇敢地同这些敌人派来的暴徒进行辩论。但是他没有想到,这群声势汹汹的暴徒是不可理喻的,没说几句又都动起武来。随后,陈子涛又勇敢地与暴徒进行了搏斗,受到了敌人的毒打。

陈子涛奋不顾身的捍卫举动,使得排字房和印刷车间得以保全,使报社减少了损失,更使得报纸能很快就恢复出版,在抗日民主运动中继续发挥有利于革命的宣传作用。

接管《广西日报》

唐海,爱国人士,《华西晚报》记者,因经常在《广西日报》发稿,成为陈子涛在报业界的一个好友。由于交往甚密,二人经常相互约稿,对时评的观点常常是惊人的相似。

在爱国人士唐海的印象里,陈子涛是《广西日报》社记者,陈子涛政治上倾向进步,对国民党反动派统治不满,陈子涛工作上积极认真负责,经常通过新闻报道的形式,揭露国民党反动派的黑暗腐朽。《广西日报》是国民党桂系控制的报纸,与蒋介石政权存在矛盾,进步力量利用这一矛盾,做一些有利于人民的工作。但是,报社内部斗争十分复杂和激烈,陈子涛总是站在进步力量的一边,利用国民党党棍、特务进行顽强的斗争。在国民党反动派挑起反共高潮,挑拨新四军事件后，政治环境十分恶劣，陈子涛依旧坚持战斗。当时国民党反动派在日寇攻势下，实行豫湘桂大撤退，《广西日报》一批当权者纷纷弃报逃离，把艰难的担子丢给了陈子涛。为了宣传抗日，陈子涛坚持到敌寇快逼近桂林，才同《广西日报》其他工作人员一起撤退，表现了英勇无畏的民族气节。

1945年2月，当时唐海已在成都《华西晚报》工作。陈子涛通过担任主笔的黎澍的关系，进了《华西晚报》担任编辑，《华西晚报》经济十分困难，工作人员的待遇低，而且有时还发不出生活费。因此生活比较艰苦。陈子涛自来到成都后，工作一贯积极负责，不怕疲劳，夜以继日地顽强战斗，在反对国民党黑暗统治的民主运动中，充满了革命乐观主义精神。成都是四川军阀控制的地方，地方封建割据势力和重庆国民党中央有矛盾，但是国民党势力在成都十分猖狂，破坏和镇压革命的学生民主运动，也威胁《华西晚报》工作人员的安全，在《华西晚报》内就有国民党特务威胁、利诱，有时还直接搞破坏活动。由于党的领导和影响，《华西晚报》反映了国民党统治区的一些实际情况，在言论报道中支持进步的爱国民主运动，报纸的影响扩大了，引起了蒋匪帮的恐惧。

抗战胜利了，人民再也不能忍受国民党借口抗战实行独裁的专制统治，民主运动从原来的"大后方"兴起。1946年5月，他又兼任

《大众日报》要闻编辑，这张报只出了一个月便被反动派封了。此时，黎澍已先去上海。这年8月，陈子涛应邀到上海，参加黎澍主编的《文萃》社编辑部工作。

几封家书

1946年6月，陈子涛到上海给家坦写过几封信，说他到了上海，还是做编报工作，并说在上海比较稳定了，这才是个见大世面的地方，还说本想让家坦去上海读书，但因编报工作流动性大，待过一段时间如有可能即让家坦过去，信中还谆谆教导家坦如何读书，做个什么样的人。从此，家坦就会收到每一期《文萃》丛刊，邮寄当中没有告知谁寄来的，后来国材叔（陈国材，玉林南门人，上海复旦大学毕业）说，这些都是陈子涛寄来的，但不便写明地址和寄件人。家坦接到每期《文萃》丛刊都珍视如生命，在学校里传阅。家坦有时给上海去信，但每次收到的回信人都是国材叔。国材叔在信中说，陈子涛很忙，不要祈望他经常给你回信，陈子涛生活很好，叫家中不要担心，有事可以由国材叔转告。

第四章 《文萃》像一把利刃刺向反动派胸膛

踏上《文萃》新征程

1946年6月下旬,蒋介石撕毁《双十协定》,出动重兵围攻中原解放区,悍然发动了全面内战。

中国共产党不仅在军事上坚决回击国民党反动派的进攻,在文化战线上也继续与敌人展开激烈斗争。就在这个历史背景下，1946年夏季，陈子涛应黎澍的邀请，离开四川成都前往上海。黎澍此前在1945年10月被党组织派到上海筹备出版《新华日报》上海版，因为国民党的阻挠而未能成功。1946年6月，黎澍又按照党组织的安排在上海接管进步刊物《文萃》，担任这份刊物的主编。他随即邀请自己信任的陈子涛来上海协助办刊。陈子涛从一名进步报人转变为革命刊物的编辑。

临行前，《华西晚报》部分战友一起送别陈子涛，合影留念后，陈子涛挥别了在成都一起办报一年半的战友们，踏上了出川前往上海的路途。

从成都到上海，陈子涛承担的革命工作将有巨大变化。在成都时他是在国统区有着公开、合法地位的报纸里从事编务工作；而到上海后，陈子涛将转入白色恐怖下的隐蔽文化战线，必须在生与死的考验下继续为党的事业艰苦斗争。

以笔为枪

温崇实（1925年8月—2012年9月27日），男，汉族，广东省梅州市梅县区人，1945年1月加入中国共产党。1947年10月，加入中国民主促进会。1949年中华人民共和国成立前，曾先后在《青年知识》《文萃》等杂志社任编辑。

温崇实说,陈子涛是他生命中非常重要的一个人物,他是一位对党无限忠诚,以笔为枪,与敌人血战到底的钢铁战士。

解放战争时期,上海已被看作国民党统治区内仅次于南京的政治文化中心,再加上上海是帝国主义侵略我国的桥头堡,是历史悠久的经济中心,所以我们党为了更好地配合解放战争,将党报党刊(《新华日报》和《群众》杂志)都由重庆搬到上海,准备通过公开出版的报刊,对广大蒋管区人民进行宣传教育,当时在上海刊行的《文萃》周刊和其他进步报刊,都想尽全力在这种情况下发挥其宣传配合作用。

抗战胜利后,在抗日战争期间沦陷的全国最大城市上海也即将光复。怎样在这些收复的大城市里开展工作,成为共产党人重视的新领域。1945年8月29日,中共中央对包括上海在内的大城市工作发出指示,要求:"趁日伪投降,国民党统治尚未建立和稳定的混乱期间,我们应在各个方面建立工作。"同年9月14日,正在重庆与蒋介石进行谈判的毛泽东,在致中共中央并转华中解放区负责人的电报中,又明确要求:"除日报外,其他报纸、杂志、通讯社、书店、印刷所、戏剧、电影、学校、工厂等","就近请即先到上海工作"。并且他指出这样的工作"在今后和平时期中有第一重大意义,比现在华中解放区意义还重要些"。党组织随后立即在上海直接创办或协助创办各类报刊,以抢占舆论阵地。《文萃》周刊就是在这样的历史背景下应运而生的。

《文萃》的创始人之一黄立文，后来详细回忆了这份刊物的创办经过。按照他的回溯，刊物是这样一步步筹办起来的：

抗战胜利后，中国共产党领导的国际新闻社成员计惜英正隐蔽在上海，他找到从大后方《力报》刚来到上海的进步记者王坪和黄立文。三位进步记者经过商讨之后，共同决定出版一个文摘式的刊物。他们从选载大后方城市——重庆、成都、昆明、贵阳、西安等地报刊的进步文章入手，进行反对蒋介石独裁政权的宣传。此方案得到当时也在上海的另一位国际新闻社的社员——1941年就入党的新闻工作者孟秋江的赞同。

孟秋江当时在上海从事党的秘密工作。他就这份刊物的情况向中共南方局的有关负责同志做了汇报。在得到上级批准后，孟秋江与王坪、计惜英、黄立文三人会面，共同制定了"反对内战，反对独裁；要求和平，要求民主"的办刊方针。他还指示黄立文利用自己战地记者的有利条件，在国民党当局对《文萃》刊物的性质还不清楚的情况下，尽快拿到合法的手续。黄立文使用化名，几经交涉疏通，顺利完成了这个任务。1945年10月14日，《文萃》周刊成功获得国民党上海特别市执行委员会准予备案的"宣字第四十五号"批示，同年11月29日，又在上海市社会局正式填表登记。这些手续的完成，让《文萃》周刊在国统区拥有了公开、合法的地位。

1945年10月9日,文萃的第一期出版(创刊日期特意避开国民党"国庆节"——10月10日),茅盾、田汉、李公朴、邓初民、绿川英子、萧军、乔木(乔冠华)、孟南、张申府等人的文章被选载其中。黄立文后来记述《文萃》创刊之际未曾发表堂皇的"告读者书"之类的文章,只由计惜英撰写将近二百字的"编后小语——代创刊辞":

> 我们为什么要在此时此地出版这样一本集纳性的、文摘性的刊物?决不是凑热闹,而是适应此时此地的需要。
>
> 我们的目的是:
>
> 一、沟通内地与收复区的意志;
>
> 二、传达各方人士对于国是的意见;
>
> 三、分析复杂善变的国际情势。
>
> 我们刊载的稿件,有特约的,但大部分是从陪都、昆明、成都、贵阳等地著名报纸、杂志上精选下来的,内容与价值,请读者自己去评判。我们只是希望在日寇奸逆八年奴性文化生活中过来的人,听听中国人自己的声音!

黄立文回忆,《文萃》创刊之后"极受读者欢迎"。负责发行的国际书报社的工作人员表示，南京、苏州、常州、无锡、常熟、镇江、杭州、宁波、嘉兴都有书店要求特约经销，且往往为两三家书店同时提出要求。到第三期时，特约经销处甚至开始在北平、天津、西安、汉口、开封、济南、徐州、扬州、芜湖、蚌埠、成都等地设立。

《文萃》杂志是1945年10月9日在上海创办的一个进步刊物，社址设在上海静安寺路（现南京西路）德义大楼五楼，同年11月迁至山东路190号三楼，1946年1月又迁至福州路89号（申达大楼）二楼219室。《文萃》以犀利的笔触，无情地揭露了反动当局的种种罪恶和阴谋。同时又满腔热忱地歌颂了广大人民群众力求解放而进行的民主爱国斗争，以及对革命充满必胜的信心之情。随着形势发展和国共谈判的日趋恶化，我们党已展望到一旦彻底决裂后的宣传工作布局问题，于是在1946年8月将温崇实派出参加《文萃》周刊编辑部工作，从此温崇实和陈子涛并肩作战休戚与共，直到陈子涛遭国民党反动派逮捕。《文萃》创办初期为周刊。1947年2月，反动当局又加紧了对上海新闻出版界的检查，许多进步刊物被取缔、查禁、封闭。1947年3月20日《文萃》被迫转入地下出版发行。为了便于携带，《文萃》周刊从16开本改为32开本的《文萃》丛刊，封面每期变换，每期选择一个醒目的标题做刊名。

陈子涛比温崇实略大点，陈子涛是由原在成都时的同事黎澍同志介绍进《文萃》周刊工作的,温崇实以前与《文萃》周刊编辑部的记者骆根清,以原在《消息半周刊》同事的名义参加《文萃》周刊编辑工作的。 根据这样的自然条件,温崇实和黎澍当时在党内的分工是黎澍多关心陈子涛,温崇实多和骆根清接触。 不久,骆根清离开他们到南京另找工作,温崇实和黎澍在中共地下组织领导下认真研究过吸收陈子涛入党的申请。

加入党组织

黎澍和温崇实一致向党组织推荐陈子涛加入中国共产党。

陈子涛进《文萃》周刊编辑部工作以来,工作踏实认真负责,由于工作作风上的优点,他在本职工作之外还代替黎澍做了不少工作,更可贵的是他发现了《文萃》周刊同事们的共同缺点,平时不大关心经营管理,及时提出了在当时和敌人斗争,必须反击敌人从经济上扼杀《文萃》的阴谋,充分反映了他全心全意关心革命事业,准备在更艰难的环境下坚持斗争到底的决心。 黎澍和温崇实一致向党组织反映了陈子涛的高贵品质。 但在形势更加困难的情况下,黎澍没有能按原计划留在上海坚持斗争,由上海去了香港。 在这样一个经受严重考验的时刻,陈子涛踏着坚定的步伐,积极要求入党,誓把革命斗争进行到底。

陈子涛到上海后担任编辑工作的《文萃》周刊,在解放战争时期和《周报》《民主》一起被誉为上海国统区的三大民主刊物。史学界认为，在上海这个国民党统治区的"心脏"地带出版与发行的这份刊物，成为中国共产党开展对敌舆论斗争的有力武器。它通过影响国统区群众的思想与行为，引导他们参加反抗国民党黑暗统治的爱国民主运动，为中国共产党在国统区内形成第二条战线，为中国共产党赢得国统区的民心发挥了积极的舆论影响。《文萃》周刊反映了国统区群众"反内战，求和平，要民主"的愿望和呼声，同时又唤起了他们对国民党蓄意发动内战、挑战人民和平底线的关注，并把这种关注凝聚成强大的"反内战，求民主"的社会舆论，为中国共产党打赢国统区的"政治仗"做出了自己的历史贡献。

1946年6月，计惜英离开上海，调往南京梅园新村的国共谈判中共代表团里工作，黎澍接手了刊物主编一职。抗战胜利后不久，黎澍在1945年10月和陈子涛等分开，按照党组织的部署前往上海，参与筹备出版《新华日报》上海版。因为国民党的阻挠，《新华日报》上海版未能出版发行。黎澍后来就被党组织改派到《文萃》周刊担任主编。黎澍接手《文萃》后，为了在当时的斗争形势下迅速增补得力的编辑，随即邀请在成都的陈子涛来上海协助编辑《文萃》。

陈子涛受到邀请之际，作为文摘类型刊物的《文萃》正在经历一次重要的转型。1946年春，《文萃》开始增加标识为"特稿"的原创类稿件（主要来自编辑组稿）的比例。黎澍开始接手的 6 月份，"特稿"比例已经超过了百分之八十。1946 年 7 月，《文萃》刊登的各原创稿件都停止标识"特稿"，同时将为数不多的文摘类文章统一归入《中外文萃》专栏里。这样，经过几个月的努力，《文萃》已经从一本近乎完全收录其他报刊文章的文摘类刊物悄然转变成一本以原创为主的时事政治类刊物。《文萃》的编辑人员可以依据现实中的斗争形势和时事热门话题，及时通过组稿来进行相对应的宣传工作。

黎澍和陈子涛在成都共事期间，深感陈子涛有坚定的政治立场、杰出的新闻才华、勇敢的斗争精神。在《文萃》转型的关键期，急需这样的编辑人员。因此，黎澍被党组织安排担任刊物主编之后，立即力邀陈子涛来到上海参加刊物的编辑工作。而陈子涛的事业发展道路也随着接受这邀请而改变。在他结束了多年的办报生涯、来上海成为革命刊物编辑人员之后的几个月，就迅速成长为《文萃》周刊社后期的主要负责人。

陈子涛接到前往上海的邀请之际，转型成为时事政治刊物的《文萃》因其在人民群众中的影响力成了敌人的眼中钉、肉中刺。

1946 年 6 月，上海的报界已经揭露了国民党当局将《文萃》等多家进步刊物视为"不合出版法"且"触犯刑法"，将予以查封的消息。但是，不惧艰险的陈子涛来到上海《文萃》周刊社之后，立即全身心投入了组稿、编稿的工作之中。

党组织派到《文萃》的党员编辑温崇实后来曾经回忆过陈子涛刚到《文萃》后的一些情况:"陈子涛同志进《文萃》周刊编辑部工作以来,工作踏实认真负责,由于工作作风上的优点,他在本职工作之外还代替黎澍做了不少工作。"

而据《文萃》的创始人之一黄立文回忆,1946年10月末,黎澍、陈子涛和温崇实三个人还一起拟订了"时局问题讨论提纲",发表于《文萃》周刊第54期,请读者们一起讨论,并将结果以书面形式寄与周刊的编辑部。在黄立文的记述里,陈子涛参与完成的这个讨论大纲内容是:

一、我们需要怎样的和平?

二、真正的和平能够取得吗?谁要和平?谁不要和平?

三、中国的光明前途,寄托在哪里?

四、中国内战的性质怎样?与民族独立有什么关系?与民主自由有什么关系?与第二次世界大战有什么关系?

五、目前的内战与十年内战及八年抗战时期,有什么不同?

六、国军(国民党军)与共军(解放军)四个月来的战果胜负如何?

七、国军能使共军失败降伏吗？共军能最后击破国军的企图吗？双方能很快解决战争吗？

八、战争如果长期化下去，你周围环境将有什么变化？

九、在目前及不久的将来，你应当如何努力？

按照原有的计划，预计可以在一周内将读者讨论结果整理完毕，在刊物之中予以发表。但因来信众多，即使动员社内全部人力，以及孟秋江主持的国际新闻社的部分人员前来帮助，也未能于几天内做好来信整理工作，只得推迟一周之后再发表时局问题讨论总结。

黄立文作为亲历者后来回忆，刊物登载的这份总结十分鲜明地提出，国民党破坏于重庆签订的双十协定，将会受到人民与历史的审判。尽管当时解放战争只进行了数月，且国民党军队仍在采取攻势，但读者已敏锐地觉察到，国民党军队必然失败。总结还引用读者来信，号召人民团结起来，反对国民党特务统治。

这样一次与读者的大规模"互动"，展示了当时《文萃》周刊拥有庞大的进步读者群，在人民群众之中很有影响力。因此，这是一块党组织在国统区之中极为重要的宣传阵地。就在陈子涛和社里的中共地下组织成员、进步文化人士一起用自己的努力坚守这块宣传阵地时，凶狠的敌人也开始继续对《文萃》"磨刀霍霍"了。1946年12月和

1947年1月，国民党上海警察局和淞沪警备司令部先后发出了对《文萃》"密予查禁"的命令。

1947年2月27日、28日，国民党政府派出军警包围中共代表团驻南京、上海、重庆的联络处，并通知三地招任谈判工作的代表全部撤退，宣布国共谈判完全破裂。据在《文萃》社经理部工作的居鸿源回忆，至此，上海的政治形势更加恶化，《文萃》社经理部也已受到国民党特务暗中监视。3月初，黎澍根据党的指示决定结束《文萃》社工作，动员大家把刊物、纸型、稿件、锌版，以及信件、账册等分别装箱，分头寄藏到别地。按照这一计划，陈子涛和参与刊物工作的战友们即将准备撤离。

就在这个时候，中共中央上海分局的中共地下组织同志接手了《文萃》的后续工作。1947年3月2日，在上海出版的党的机关刊物《群众》被迫停刊。经上海分局研究，沙文汉即派姚溱邀集《文萃》编辑部同志，传达上海分局的意见：继续出版《文萃》，以代替《群众》周刊在广大群众中进行宣传；刊物由上海分局文化工作委员会领导；《文萃》社的全部工作，尤其是编辑部，立即转入地下，机构和人员尽快撤离原处，另组发行机构，与编辑部严格分开。负责接手《文萃》的中共地下组织干部姚溱，还让黎澍介绍《文萃》编辑部的陈子涛和经理部的吴承德二人加入党组织。

据亲身见证了陈子涛入党经过的党员编辑温崇实回忆，黎澍当时在党内的分工任务之一就是"多关心陈子涛"。《文萃》的党员们在中共地下组织领导下认真研究过陈子涛的入党申请。1947年2月初，中共地下组织批准了他的入党申请，接收陈子涛同志入党。

陈子涛说："我只有这一条路，我早就在这条路上走着。我感到十分愉快，因为我总有一天要成为一个共产党员！"

秘密战斗

1947年2月，国共谈判彻底决裂，国民党反动派公开反共反人民，它一方面在蒋管区进行血腥镇压，一方面又在美帝国主义的阴谋策划和支持下，重点进攻山东和陕甘宁解放区。《文萃》编辑部只得从申达大楼撤出。3月上旬，上海中共地下组织决定《文萃》社全部工作转入地下，此时经理人员撤至闵行路宿舍，另组发行机构。姚溱受中共上海局文委的委托，向黎澍、温崇实传达了上海局的意见："1. 中共南方局撤离后，上海局拟继续出版《文萃》，以发挥《群众》的作用，刊物由上海局文委领导，由黎澍任主编。2. 隐蔽"文萃社"的全部工作（尤其是编辑部），机构人员尽快撤离原处，另组发行机构并与编辑部严格分开。3. 由姚溱、黎澍、温崇实组成文萃党组……"

陈子涛入党之后，立即承担了一个艰巨的任务——《文萃》转入地下斗争后一边要秘密编印，一边又要公开发行（以免失掉之前的读者群）。在当时的白色恐怖之中，秘密编印和公开发行结合无疑有极大的压力。但是在敌人查封了党组织公开发行的各个党报党刊之后，《文萃》是极少的在党的领导下还在继续出刊的革命刊物。刚成为党员的陈子涛，顶住重重压力投入了地下斗争。参与发展陈子涛入党的温崇实对此有这样的回忆：

陈子涛同志并没有被困难吓倒，他想的是"党报党刊被迫停刊了，我们更有必要坚持斗争！""再大的困难我们也得顶住它！"凭他的党性，凭他的群众路线群众观点，凭他对党对革命事业的赤诚，一个又一个解决困难的具体方案出来了。

《文萃》地下斗争之初，黎澍还在和陈子涛一起战斗。他们和战友们一起商讨出了一种"伪装书"的途径。据黄立文回忆，从1947年3月20日出版的《文萃》第73期（第2年第23期）起，刊物从16开本改为32开本，也不再把"文萃"两个大字印到封面上了，而是每期采用一篇文章的题目做书名。刊物从原来16开改为32开本之后，又删了封面上的刊名成为"伪装本"之后，为便于读者识别这是《文萃》地下版，第一期（《论喝倒彩》）的封面上，印有"文萃丛刊1"的字

样。而今翻开这一期《文萃》地下版,陈子涛等编辑在刊物之中还专门刊登了一篇《告读者》,含蓄地告诉老读者们:

"从这期起,《文萃》在形式上有所改变了,这是一种书的形式,而内容则仍旧是一本杂志。这种改变,完全是为了适应发行上的需要。希望在不久的将来,仍能以本来的面目与读者相见。"

为了迷惑敌人,陈子涛等发挥地下斗争的艺术,在刊物的伪装上下足了功夫。《文萃》地下版第一辑末尾刊登的"青年知识"中,又故意含含糊糊地写道:"现在已出版到第8期了,欢迎订阅。"这样一个巧妙的手法,可以让敌人误以为《文萃》地下版第一辑是另一种出到第8期的某个刊物。

陈子涛在成都《华西晚报》工作时期的新闻战友唐振常,此时也来到《文萃》社工作,继续和陈子涛并肩战斗。他回忆在编辑第一期《文萃》地下版的时候,黎澍和陈子涛安排他采访多位因被捕而"失踪"的进步人士家属,写成《失踪人物志》的文章用来连载。

此后,"原已担负编辑部的主要工作"的陈子涛开始独立负责《文萃》的编辑工作。在唐振常的眼里,陈子涛"他勤勤恳恳,认真负责,精力过人,从不知倦。两腿又勤跑,腋下夹着和他身材不相称的大皮包东奔西跑,真有无穷的精力"。温崇实也回忆,在此之后,"陈子涛同志从黎澍手中接过了象征着《文萃》周刊主编重任的大皮包,和我一起在党的领导下坚持革命斗争"。

黎澍离开之后,陈子涛按照党组织的安排成为《文萃》的第三任主编。而黎澍留下的这个牛皮公文包,则成了陈子涛的"流动编辑部"。

为贯彻上海局的指示,陈子涛采取了以下措施:首先将编辑部和发行部从原来的福州路申达大楼撤离。编辑部不设固定的工作地点,两个人机动灵活,即使社内的同事也无法知道他们的动向。其次,为了掩护《文萃》的发行工作,4月份在四川北路仁智里155号开设了"人人书报社",扩大发行业务,办成一个经营各种期刊书籍的书报社,以转移敌人对发行《文萃》的注意力。同时,将"文萃社"结束,原工作人员全部撤离闵行路宿舍,部分人转入书报社,留下的人员则转入地下。此外,由骆何民集资在长寿路707弄开设友益印刷厂,准备秘密印刷《文萃》。

在敌人加紧迫害的情况下坚持斗争,只能秘密编印,但是读者群体又相当广泛,只能公开发行,于是怎样才能既秘密编印又公开发行?怎样才能"藏头不露尾"呢?尽管革命形势越来越向着有利于人民的方向发展,敌人的垂死挣扎又使一些人迷惑恐惧,即使是一些从事进步报刊工作的人也都希望能看到一个冲杀在前面的人为他们壮胆。而怕事的印刷厂,不敢承印我们的期刊。白报纸敌人控制得更严紧了,有些知名作者也在讲要看看形势再写! ……一大堆问题摊在面前,怎么办? 陈子涛并没有被困难吓倒,他想的是"党报党刊被迫停刊了,我们更有必要坚持斗争!""再大的困难我们也得顶住它!"凭他的党性,凭他的群众路线、群众观点,凭他对党对革命事业的赤诚,一个又一个解决困难的具体方案出来了。 把编辑部和发行部完全分开,让发行业务更加扩大,扩大到经营各种期刊书籍和书报社一样,掩盖掉发行《文萃》的任务。《文萃》的形式也做了彻底改变,是一本丛书的样子,每期换个名字,使跟踪追查的敌人找不到具体目标。 用这一套办法来实现秘密刊印,公开发行,既藏头又不露尾。 更重要的是精心设计每一期的内容,怎么抓住人们迫切关心的问题,怎么把每一期都看作是一场政治宣传战,怎么把有用的材料拿到手,怎么使每一篇文章更加鲜明,更加直接地表达我们党的意见。 真是打破一个又一个旧框框,新的战斗方案也就出来了。

3月中旬的一个阴沉的傍晚,陈子涛走进预先约定的咖啡馆,和同事温崇实并排坐着,桌上是两杯廉价的牛奶红茶和一只大皮包。 他们在交谈着各自经手的工作:有些知名人士表示需要看看形势发展的情况,再为《文萃》写稿;读者来信说,夏培英等二十几位读者横遭逮捕;印刷厂老板认为,专门排印书籍可以少担些风险,言下之意,是不愿意承印《文萃》了,印下一期杂志用的白报纸,不知吴承德是否找到……一大堆问题摆在面前。 陈子涛看看桌上那只象征着《文萃》主编重担的皮包，又望望温崇实。 是的，他才二十多岁，又是刚刚入党，承担这个任务实在不简单。

顶住压力嫩肩也要挑重担

陈子涛与温崇实就当前对敌斗争，如何办好《文萃》时说，"当前的形势是：敌人在我们胜利的压迫下转变了战略，他们停止了全面进攻，妄想采取重点进攻，以压倒性优势的兵力，来捕捉我们的主力。幻想用争得军事上的胜利，挽救他们在政治上的失败。——这就是说，这次攻打延安，实际上是一场政治战、宣传战。"

"既然这样，我们就该揭他这个疮疤——攻打延安的目的。 宣传我们的胜利！""报纸，刊物不能出，我们就更需要坚持下去！""再大的困难，我们也得顶住它！"温崇实随着陈子涛的话语，应声点头。 陈子涛满怀信心地说："现在，我才明白目前我们这个'人小，皮包大'的处境。"

的确，那时候，大家都很年轻。 可是，陈子涛没有被困难吓倒。他双手捧着早已喝干了的茶杯，在苦思冥想，似乎要从中找到什么启发。

陈子涛还对温崇实说，自己友人赠送的一本《大后方面面观》，从这本小册子里，他学到如何运用事实揭露国民党反动派统治的本质，温崇实也想起了在"沦陷区"，偶然买到一本当时畅销的《中国内幕》，本想从中多看一些揭露国民党反动派"内幕新闻"的材料，岂料这一本和其他的《中国内幕》不一样，里面却是在延安《解放日报》发表过的《评中国之命运》一文。

在这样的闲聊中，陈子涛忽有所悟，找到了适应新环境的斗争形式。他高兴地打断了温崇实的话，大声地说："这太好了，今天我请客！"急急忙忙地拖着温崇实，离开了咖啡馆，走进一家小饭馆。吃饭的时候，他低声细语地描绘着《文萃丛刊》的做法。

"跟印刷厂说，我们是出书，不是杂志；零碎活，好抢空当排印，用不着订合同。32开本藏在口袋里好带；夹在书里看，便利读者。第一本就叫《失踪人物志》(这是准备用的一篇文章题目，我们已经拿到手)，既吸引读者注意，又骗得过特务，好销……"他说得津津有味，就好像刊物已经顺利出版了。

在约定的日子，他们把这个打算跟领导做了汇报，领导首先关心的是内容。那位领导说，要针对大家最关心的事组织文章，要懂得大本子《文萃》(指16开本的《文萃》)是配合党报党刊起宣传作用，如今的小本子《文萃》该注意读者如饥似渴的心情，要更加直接、鲜明地表达我们的意愿。同时，领导还很赞扬陈子涛的不甘心"人小，皮包大"的精神。指出,责任重,我们既要不怕,又要进一步提高战斗艺术,加强战斗力。最后还提醒陈子涛和温崇实说,改变形式,是为对付敌人的无理搜查,也得让老读者能够找到线索。

从此,陈子涛就带着温崇实,成天在外奔走。常常还会去作者家里"聊天",有时会在公园里交换稿件。印刷厂的"拼版"桌成了他们修改文稿的地方。

稿件都已排定,眼看着《失踪人物志》即将出版。有一天,在闲聊中,陈子涛突然想到,当我军主动放弃革命圣地延安时,敌人将会"打肿脸充胖子"地大声喝彩叫好,用来欺骗蒙蔽人民。说到这里,海阔天空地谈论起喝彩和喝倒彩的问题。一位民主人士对当时蒋管区的"政治舞台"本有所感,又是相当熟悉的"老朋友",就赶写成《论喝倒彩》一文。陈子涛说,就把《失踪人物志》的封面换上《论喝倒彩》。

陈子涛在最后看清样时说,用这篇精彩的文章"点题",有心的读者一定会懂得我们为什么要坚持发出我们的"音响",我们在喝谁的"倒彩"。

恰巧,在这一期出版发行的日子——1947年3月20日,正逢新华社宣布:我人民解放军已完成任务,主动撤出延安。蒋介石反动派的叫嚣宣扬,正遇到这个喝彩。

这一期新型的《文萃》在几天内,全部销售一空。

"打游击"编《文萃》

任重是陈子涛报界的朋友,在当时的国际新闻社(简称国新社)担任编辑发稿工作,向南洋华侨报纸和国内进步报纸发专稿,在上海不公开发行。当时,由一社员计惜英编辑《文萃》,编辑工作最初合在一起,之后分开,初时《文萃》主要是剪报文摘,后由黎澍主编,组织专稿,黎澍调走后,由陈子涛主持编辑工作,印刷由骆何民负责,发行由吴承德负责。

吴承德,1937年抗战爆发,从南京到长沙。次年,在长沙参加刘良模领导的中华基督教全国青年会军人服务部京沪支部,以歌咏宣传抗日,先后到桂林、金华工作。1940年,在桂林进国际新闻社当会计。1943年到昆明,先后在《扫荡报》《朝报》担任记者。1945年年底来沪。次年1月,参加《文萃》工作。

孟秋江(1910年4月—1967年3月),原名孟可权,江苏常州人,中国新闻记者。1936年抗击日本侵略军的百灵庙战役爆发,曾以上海《新闻报》(中国)记者名义,奔赴绥远前线采访。1937年七七事变后,任《大公报》记者,参加南口、平型关、徐州、中条山等战役的报道,所写《在南口迂回线上》《大战平型关》等战地通信,提供了不少有关抗日将士浴血奋战的第一手材料,给读者以很大激励。1937年冬,访问延安,受到毛泽东的接见。1938年,改任《新华日报》记者。同年10月,与范长江等在长沙发起成立国际新闻社,并负责该社桂林总社、香港分社的日常工作。1941年,加入中国共产党。抗日战争胜利后回上海,任《文汇报》采访主任,深入工厂、学校,进行反内战反迫害的宣传。

1947年,在白色恐怖下,《文萃》《文汇报》《联合晚报》被反动派封杀。孟秋江是当时《文汇报》的采访部主任,他的亨利路住所已由特务监视。那时国新社上海办事处的编辑工作,已移到武昌路积善里的亭子中,由任重继续发稿。

任重与陈子涛一般在稿件上有所接触。国新社稿件适合《文萃》刊用的,常交吴承德转交陈子涛,平时难得见面。到1947年夏初,反动派追捕孟秋江,孟由任重设法荫蔽,并设法买船票到香港去,孟到港后,通知任重即离开上海。结束国新社业务,在任重离沪前一天,陈子涛同吴承德来看任重,在亭子中间谈了白色恐怖下很多写稿的人离沪和转移住所,编稿和发行的种种困难。《文萃》被封后用小册子的形式继续发行。任重说,陈子涛经济生活也很困难,人很瘦,穿了一套旧西服,显得衣衫宽大,拎一个旧的大皮包,还是谈笑自若,说

"困难，总是有的。干！干下去！"当时已是午饭时候，在武昌路的一家广东饭店里吃了客饭后，陈子涛和吴承德分头工作去了。

陈子涛曾编过《论纸老虎》的地下发行的小册子，使全市人民在白色恐怖下看到毛泽东对斯特朗的谈话的全文，轰动一时，这篇稿子是陈子涛约于友翻译的。

《文萃》像一把尖刀插在敌人的心脏里

1947年3月底，陈子涛接到一位读者的来信，读到"今天总算看到它又重展开在我们的眼前，我祝福它，我用手抚摸它，像慈母看见了儿子的归来……"（这封信曾刊登在《文萃丛刊》第二期《台湾真相》上）陈子涛激动得手在发抖，又一次翻开了这一期杂志，指着"眉批"上的第二十三期对领导说："老读者从这里找到了线索，这是你的……"领导对陈子涛笑笑说："不要过分夸大这一作用，我们秘密出版，公开发行，许多进步报贩的作用也很重要的。"

直至《论喝倒彩》销售完毕后，编辑部的同仁才从报贩那里得到国民党特务到处搜查这本杂志的消息，后来，又从组织领导方面了解到反动派已指定几个特务，专门追查《文萃》的踪迹。

《文萃》像一把尖刀插在敌人的心脏里，为什么敌人会下此毒手，就是因为《文萃》们不怕牺牲，敢于斗争，敢于胜利的英勇姿态矗立在世人的面前。

将反动报转变成为人民服务报刊

唐海与陈子涛有近十年的交往，他们是患难之交，唐海称陈子涛是"以笔为枪的革命战士，是一个战无不胜的勇士！"

在上海，以吴国桢、潘公展、宣铁吾、方治为首的特务，出动冲锋车、机关枪，到处追捕进步的工人、学生和新闻记者。街上随时听到尖厉的冲锋车的叫声，机关枪、步枪包围了交大，三家进步报纸封门了。特务们就追到了几位新闻记者的家里。

唐海永远不会忘记国民党特务用枪指着自己的母亲，要她说出她儿子的住址。陈子涛就住在唐海家的对面。当陈子涛将这些消息带来告诉唐海的时候，唐海正躲在骆何民的家里，尽管外面白色恐怖是那样厉害，大家依旧充满了信心。唐海记得谈话时最有兴趣的是如何将上海两家最古老反动的《申报》和《新闻报》接收过来把它们转变成为人民服务的报纸。唐海说："这想法实现还要过一个时期。"陈子涛说："快了快了。"新中国成立后，唐海回到人民的大上海。《申报》原址成为党的机关报《解放日报》，而《新闻报》也改变为《新闻日报》为人民服务了。

唐海常常会提起瘦黑的陈子涛，骨子里装满了与敌斗争的智慧，血液里流淌着革命必胜的信念。

第五章
《文萃》照亮了同胞们前进的道路

《文萃》转入地下后继续斗争

《文萃》社转入地下斗争之后,从1947年4月5日出刊的第二辑到1947年7月出刊的第九辑《文萃》地下版,都是在陈子涛作为主编期间完成编印的。而继第一辑

《论喝倒彩》成功采取伪装封面的形式之后，第二辑到第九辑又先后采取了《台湾真相》《人权之歌》《新畜生颂》《五月的随想》《论纸老虎》《烽火东北》《臧大咬子伸冤计》《论世界矛盾》（又名《孙哲生传》）等伪装封面。

《文萃》的创始人之一黄立文，在这一阶段都与刊物主编陈子涛一起并肩作战，坚守在岗位上。他回忆为了让读者能辨认出伪装后的《文萃》，第二辑第三辑还继续标注了"文萃"字样——

> 第2期、第3期虽然封面上没有了"文萃丛刊"的字样，但版权页上仍称作"文萃丛刊"，并标明"编辑出版者《文萃》社"。

但是后来斗争形势越发严峻之后，第四辑开始再也不能使用"文萃"字样。陈子涛又和大家一起运用各种各样的策略来和敌人周旋。黄立文对此回忆：

> 为了隐蔽，为了迷惑敌人，地下版文萃要不断变换手法。于是，从第4期（《新畜生颂》）起，版权页上印出了这样的字句："文丛出版社丛书第四集，编辑出版者文丛出版社，香港坚道二十号楼下，国内通信处上海一三一八号邮箱，零售每本港币一元，

国内法币二千五百元"。这样改变了版式和称谓，连"文萃"的字样都找不到了，怎样能使读者意会到这就是文萃呢？当时想出了一些很巧妙的方法。例如，在第 3 期（版权页上还有"文萃"字样）的封面上，印有一个不到一寸大的标记，图案是一个人，肩上像扛枪一样扛着一支笔。第 4 期虽然托言在香港出版，但封面上却保留着这个肩扛笔枪的图案。如此延续到了第 8 期，又将"文丛出版社"改称"华萃出版社"，封面上除有肩扛笔枪的图案之外，又另加了一个握着钢笔的手的图案，为下一期改换图案向读者做了暗示。到了第 9 期，不仅封面上换了一个做标志的新图案——紧握钢笔的手，并且别出心裁地做了两种封面，成了两种版本。一种风格与过去的有些相似，以乔木（乔冠华）的一篇文章《论世界矛盾》做了这期的书名。另一种封面是白底蓝字，装帧设计故意弄得有点像国民党的出版物，书名叫作《孙哲生传》，实际上，里面有一篇文章是揭露孙科（哲生）的。书名下还印了一行小字："南京独立书店印行"。这就更使敌人摸不着头脑了。

以上的这些策略，确保了在白色恐怖下《文萃》作为党的宣传阵地继续出刊三个多月。

尽管当时面对着敌人特务无孔不入的追缉和突袭，但陈子涛仍克服各种艰难险阻，继续奔走在编印刊物的一线。姚溙曾回忆，陈子涛在后来被捕前夕还对他说："我们是共产党员，不会被困难吓倒，胜利是从苦斗中得来的。"

温崇实回忆党组织为了掩护陈子涛，曾经专门安排经费让他租房子隐蔽行踪。但是陈子涛还是把这份经费用到了事业上。

在危机四伏的时候，陈子涛始终把党的利益放在第一位，没有用这些经费来租住安全的地方以隐蔽自己，而是继续采取较为艰苦的临时变更住地的形式。同时，他也是抱着随时为党的事业牺牲自己的信念，坚守在地下斗争的最前线。

《文萃》的出版既然转入地下，大多数国民党控制的印刷厂绝不会也不敢承办印刷的。骆何民，陈子涛工作上的同志，私交深厚的朋友，他并没有因为被捕六次而放弃自己的工作。他不仅没有为自己着想，反而没有一丝犹豫地帮助陈子涛解决有关技术上的困难，没有钱的时候给《文萃》借金条，没有地方印刷也自己担当起来。

骆何民，原名骆家骝，又名仲达、钟尚文。江苏江都人，生于1913年。1927年加入中国共产主义青年团，曾任中共上海沪西区宣传部长、组织部长。

1938年出任湖南长沙《国民日报》编辑。1939年任衡阳《开明日报》总编。后至香港、桂林等地从事新闻工作。1946年在上海从事

《文萃》周刊编辑发行工作。先后7次被捕，仍顽强不屈。1947年第7次被捕入狱。

唐海躲藏在骆何民家里一段时间，每天最愉快的事就是陈子涛从外面回来的时候，他不仅带来消息，还可以在海阔天空的谈话里，得到些新知识。

人权之歌

唐海的桌子上放了许多本地下斗争时期的《文萃》丛刊，小小的本子，每本都有一个战斗的书名：《人权之歌》《论纸老虎》《新畜生颂》……从这些丛刊的内容里，清楚地出现了旧上海的轮廓——横行的美国兵，杀人不眨眼的美蒋特务，参加反饥饿运动的学生和英勇斗争的工人，到处都是斗争，在斗争的队伍里，《文萃》像一把锋利的匕首，从各个方面深深地插入了敌人的胸膛。《文萃》又像一盏盏黑夜中的明灯，照亮了千千万万人前进中的道路。

从事《文萃》周刊和丛刊编辑工作的是一些年轻的共产党人，一群年轻的新闻记者。他们为人民的解放事业辛勤工作着，一直到贡献了自己最宝贵的生命。外面，到处都是特务，搜捕人的红色警备车经常发出怪叫，在马路上闯来闯去。家里，在他们自己的队伍里，工作条件非常困难，不能公开活动，没有合适的印刷地方，没有钱，有时候甚至要为伙食费到处奔波。 环境是险恶的，工作是艰难的，但是有一个最有利的条件，这就是党的领导和千千万万要求进步的读者的支持。 有一次，《文萃》为了反对国民党当局发动内战、争取和平，向读者征集意见，结果一下子收到了三百多封来信，这些信件来自各行各业的人士，包括工人、学生、教授、店员、家庭妇女，甚至还有在国民党政府机关工作的公务人员和下级军官。 这些坦率表示要求和平的读者，他们是冒了生命危险来表示自己的意见，真诚的读者来信深深地感动了《文萃》的工作人员，也给了陈子涛很大的力量。 要为党的事业工作，要为千千万万人民工作，这成了陈子涛工作里最大的动力。

陈子涛诚恳、忠厚、心地坦率，脸上经常带着笑容。 他自己穿着破衬衣，却常常把钱送给比他更困难的同志和朋友。 在他最后负责主持《文萃》丛刊的一段时期里，由他经营的钱的数目是很大的。 当时已经可以按月拿到薪水了。 但是他依旧保持艰苦朴素的作风。 盖的棉被还是好多年前从广西带出来的，皮鞋破得实在不能再穿了，就从唐海处拿去了一双旧皮鞋，当唐海被特务追捕要离开上海的时候，陈子涛为唐海送来一笔数目很大的旅费。 他宁愿增加《文萃》作者的稿费，也不愿给自己添一件新衫来代替已经穿得破烂的衬衣。

陈子涛对敌人从来是不宽恕的，用嘴骂、用笔骂，仇恨一直记在他的心底里。 越是最困难最危急的时候，他越是坚定，他负责编辑

《文萃》的时候，正是敌人集中注意要消灭《文萃》的时候，有些人怕危险，陈子涛却说："办刊物又不是给自己看，既然有那么多的读者需要，我们就必须办下去。"

《文萃》从公开的、大本的刊物变为地下的、小本的丛刊以后，越来越受到读者的欢迎，也越来越成为敌人非要拔除不可的眼中钉。作为《文萃》的编辑，陈子涛的工作也越来越艰苦，他要约人写稿，要编辑，要校对，有时缺稿了，自己也要写上一些，每天常常工作十二小时以上。当时，几家进步报纸被查封，已有进步新闻记者被捕，陈子涛沉着、坚定地挟着装满稿件、校样、照片、漫画等物品的大皮包，在特务的到处搜查下仍然大义凛然，为《文萃》而奔走。后来是在《文萃》三烈士之一骆何民办的印刷厂里印刷的。每次发完稿，排好，校完，他就把原稿收回隐藏起来，因为他很清楚，只要这些原稿落到敌人手里，就会供给特务追捕作者最有用的线索。即使在这样紧张的情况下工作，陈子涛也还是笑眯眯的，就在唐海离开上海的那天，也是唐海最后见到他的那一次，他到唐海隐藏的地方来为唐海送行，由于工作忙碌，他看起来有些憔悴，但是精神愉快，夹着大皮包悄悄地走进门来，唐海为他的安全担心，他还是那样笑眯眯地说："现在还轮不到我，你自己倒要当心一些！"

1947年4月中旬，蒋介石改组他的政府，追随国民党的民社党、青年党中的一些人加入了政府。5月初出版的第4期《新畜生颂》，发表了夏康农的《挽张君劢的灵魂》、苏幕遮的《民社党的糊涂账》及《新畜生颂》等文，谴责民、青两党为当政府新贵甘心出卖灵魂的丑行。 本期改称"文丛出版社丛书"第4集，社址标为香港坚道20号楼下。

5月中旬出版了第5期《五月的随想》，发表了《争取新的和平，开展新的斗争》一文，指出革命与反革命力量对比发生了根本变化，出现了人民最后胜利已确定不移的新局面，号召革命者要灵活运用策略，深入群众，积极开展斗争。

本期还组织读者就国内和平问题发表意见，随刊发给读者征答题。 读者纷纷寄来答案，十天时间就收到了308封信件，其中不少是集体签名的。 刊登在第7期上的讨论结果是陈子涛整理的，它强烈反映了民心所向，在"用什么方式实现和平"一题中，96％的读者选择了"强迫好战派放下武器"的方式，赞成采用"一方面是人民的主力军——中共的军事胜利，实现大规模的反攻，彻底消灭好战派；一方面是在国民党统治区的各民主党派团结一致，全体人民一致奋起，发动全国性的斗争……开辟第二战场"的方法，在问到蒋介石能不能参加将来的联合政府时，83％左右的人认为不应让他参加。

这个总结发表后，在思想战线起了不少澄清作用，一些上层名流文化人的糊涂思想被纠正了。

陈子涛热爱自己的工作，达到入迷的程度，谈起工作来，他总是兴致勃勃，哪怕是一个细节，他都要动脑筋把它解决好。拿到一篇稿子，他就全神贯注地修改，他自己很少写文章，却把每期《文萃》当作一篇大文章做，认真思考，细致安排。他对《文萃》的作用，有更深入的考虑。他说："我们这个刊物不仅是指导群众思想的，更重要的在于组织群众的思想，把它综合起来，提高起来。"

国民党军队被迫转为重点进攻以后，仍屡遭重创，国统区的政治、经济危机也日益严重，几十个大中城市的学生举行了反饥饿反内战示威。在这种形势下，《文萃》丛刊第6期刊登了于友翻译的毛泽东与安娜·路易斯·斯特朗《关于帝国主义和一切反动派都是纸老虎》的谈话全文，使处于白色恐怖下的读者坚定了战胜敌人的信心。这一期还发表了丁静的《转型期的战局》一文，向读者详细介绍了解放战争的军事形势。

6月初出版的第7期《烽火东北》，同期刊登了《中共电台播音时间》，详细介绍了电台的呼号、波长、广播节目；还在《漏网新闻》栏里报道了成都、上海一些进步新闻工作者被捕的消息。第8期《臧大咬子伸冤记》登载了《"臧大咬子"在中共区》一文，转载了新华社报道的在烟台的外国人开车轧死中国人力车夫受到严肃处理的消息，说臧大咬子，沈崇"如生在中共区，也许早就伸冤了"。在国民党反动派的黑暗统治下，《文萃》成了一盏露出地面的明灯。

《文萃》丛刊发行以来，深受读者欢迎，发行量逐渐增加，第9期发行近万份。有的读者愿意当义务发行员；有的则要求分担困难的工作……在给"文萃社"的信里，一位读者写道："在短短的日子里，真不知有多少读者在怀念它。记得一天是《文萃》出版的日子，报纸上没有看到它的消息，书店里也没有看见它的踪影，一天天过去了，连它的消息都得不到，好使人窒息的空气……今天它总算又展现在我们的眼前，我祝福它，希望它能永远为光明奋斗，发一点热，发一点光吧！读者决不容许任何原因使它停办下去……时候到了，我们应该紧紧携起手来努力吧！"

《文萃》以犀利的笔锋揭露国民党统治下的黑暗与罪恶，因而国民党当局决心要除掉它。为此，上海中统特务机关布下罗网，日夜追查《文萃》的工作人员。当友人为了陈子涛的安全劝他停办刊物时，他说，我们每天收到很多读者来信，要求把刊物办下去，读者对刊物抱着这样高的期望，我们怎么能停办呢？陈子涛不顾自身的安危，继续战斗在自己的岗位上。

《文萃》本来拥有众多读者，转入地下后，怎样迷惑敌人而又能使读者找到它呢？在这方面，陈子涛想出了许多办法：在头两期小册子上印了小字"文萃丛刊",出版者还是文萃社;从第三期起,只印"第二年第××期",同时在封面上印了漫画家米谷画的一个肩扛大笔的小兵作为识别标记;第四期在编辑及出版者栏改印"文丛出版社,香港坚道二十号楼下",国内通讯处是上海1318信箱;第八期封面上除原来的标记外,又印了一个新的手握粗钢笔的标记在右上角,这一期出版者又易名为华萃出版社;第九期用两种封面出书,一种是《论世界矛盾》,封面右下角有个手握粗钢笔的标记,另一种是《孙哲生传》,中间是孙科的半身照片,在西装胸袋上有个手握粗钢笔的标记,封面上还有"苏平宁著,南京独立书店印行"等字样。

陈子涛没有自己的办公室,随身带着前任主编黎澍移交给他的公文大皮包,走到哪里,哪里就是办公室。他在各处奔走,还经常通过其他同志搜集资料。为了适应地下斗争需要,他还学会了排版改版,有时打扮成工人模样由工人掩护在印刷厂修改文稿。

骆何民誓死捍卫《文萃》出刊

国共和谈破裂后,国民党中统特派员季源溥积极配合军事上的进攻,强调以组织对组织的策略,先后成立党派工作队、青运、工运等情报组,加强对中共地下组织的破坏。《文萃》的畅销,像一把锋利的匕首,插进敌人的心脏;又像黑夜里的一盏明灯,照亮了民众的前程。

它让国民党当局惊慌失措，寝食难安。为了侦破《文萃》案，中统派出了大批特务严密地检查路边的各个书报摊，然后对上海各印刷厂进行秘密侦查。1947年春，国民党中统上海办事处内，特派员季源溥怒气冲冲地指着一沓刚从报摊上收缴来的《文萃》丛刊，训斥下属："《文萃》周刊不是早就明令禁止出版了吗？怎么又冒出个丛刊来了？你们平时都在干吗？还不赶快去查，给我把刊物的主办人员全部缉拿归案！"

特务们发现上海襄阳北路报摊出售《文萃》丛刊，于是就逮捕了这个摊贩，由此追出了发行据点人人书报社。与此同时，中统暗中控制了《文萃》的两个信箱，从中也掌握了不少信息。7月1日，人人书报社以郊游为名，在江湾附近召开了全体人员会议，总编陈子涛宣布立即停止书报社的一切活动。

7月中旬，骆何民从陈子涛处拿了第10期《文萃》的稿子交给友益厂排版。为了赶出版，印刷是夜班加早班，紧接着装订。19日，国民党特务开始了大逮捕，先后逮捕4名人人书报社的发行员，并闯进北四川路仁智里155号，抓走友益印刷厂的女佣韩月娟，又抓获几名印刷商人。特务们通过审讯印刷商人，得知承印《文萃》周刊的是友益印刷厂。21日下午，特务们追踪到友益厂，逮捕了正在装订第10期《文萃》丛刊的吴承德等人。随后国民党当局查封了《文萃》。至此，《文萃》杂志公开出版了周刊72期，秘密出版了丛刊10期。最后一期也就是第10期《文萃》丛刊还没有来得及发出去就被国民党特务全部收缴了。陈子涛在第10期的前言中写道：

亲爱的读者们，这本小册子是我们用血的代价换来的，希望你保藏它，并把它传遍开去，让每个人都知道：几千年的压迫快要被消除了，一百年来志士仁人奋斗以求的新中国就要诞生了！大家快行动起来，迎接这个新的伟大事变。

做一颗螺丝钉吧

陈白尘是陈子涛的一位挚友。

陈白尘（1908—1994年），原名陈增鸿，又名征鸿、陈斐，笔名墨沙、江浩等，江苏淮阴人。1930年参加左翼戏剧家联盟，从事戏剧活动。因叛徒出卖而被捕。1935年出狱后在上海从事文学创作，抗战开始后，在各地坚持进步的戏剧活动，创作了大量剧本。

陈白尘在上海举办的各种戏剧活动都邀请陈子涛参加，陈子涛还多次将陈白尘的戏剧信息发表在《文萃》上。

陈白尘对陈子涛常常大加赞赏，说他是永不生锈的螺丝钉。陈子涛有一个特点，就好像对工作有一种入迷的情绪，无论在什么样的环境中，只要他拿到一篇文稿，就马上可以投入进去专心地看，反复修改，谈起工作来也时常会没完没了，哪怕是每一个细节，他都会动足脑筋把它解决好。

陈子涛就曾经对一位不大安心工作的同仁说："好好做一颗螺丝钉吧！能够做螺丝钉是多么愉快的事啊！"这使大家懂得陈子涛谈起工作那么活跃，对每个细节那么认真，看文稿时那么专心……这都是他甘当一颗螺丝钉的钉子精神所致。他很少有时间自己写一篇文章，却是成年累月地把每一期《文萃》当作一整篇大文章那样入迷地认真细致地安排着。

嘲笑那批"蠢猪"

抗战胜利以后，陈白尘回到了上海，也还时常与陈子涛见面。那时陈子涛比在四川时活跃多了，宽阔的嘴角上更经常挂着微笑，虽然陈子涛的工作越来越困难。但陈子涛的笑容依然未改，而且挂在嘴上的微笑逐渐变成开朗的纵声大笑了。陈子涛把刊物的严重困难看作解放大军节节胜利的反映，敌人愚蠢而疯狂的迫害，只能被当作笑柄了。每当临别，朋友们总劝告陈子涛还是谨慎点，陈子涛却拍着皮包微笑说："不要紧，这批蠢猪！"仿佛这批蠢猪已被陈子涛捉进那大皮包里了。

一个晴朗的秋天的中午，陈子涛又闯上了陈白尘的小楼里来。陈子涛依然是那样开朗地笑着，依然是夹着那个皮包不放，而且依然拍拍它，嘲笑那批蠢猪，依然轻步下楼，消失在人群中。但从那天以后，我再也见不着陈子涛。——在那个晴朗的中午的后两天他和《文萃》的另两位同志被捕了。

国民党军队的溃败消息，在国统区里被半公开地传播着，蒋介石的部队进行了残酷的镇压。大家都为陈子涛和他的战友焦急。先听说他们还押在上海特务机关里，后来又说解到南京去了；有时听说还可营救，有时又说情况严重；先前还可以送进衣物食品，后来连消息也渺然了。但就在这期间里陈子涛还是托一位被释的难友打电话给陈白尘，说他的笔记簿子有着陈白尘的地址，敌人曾经探问过他，要陈白尘当心。看来陈子涛那个不离手的大皮包，也同时落难了。这时，陈白尘仿佛又看见他拍拍皮包在微笑着……

对党和人民无限忠诚

陈子涛，一位英勇无畏的共产主义战士，表现出无限的对党忠诚，对人民忠诚。

陈子涛内心一直怀有群众观点、群众路线、为人民服务、对人民的力量无比有信心，他身为知识分子，知识分子的弱点使他们在起初的工作中走过不少弯路，最后，他们仔细地检查了工作，检讨了脱离群众的错误，并改正了错误，使《文萃》成了群众最喜爱的读物之一，也才有可能在万分险恶的环境中坚持斗争。当《文萃》征求读者意见，而勇敢地把刊物引向蒋管区读者所需要的方向上的时候，是有过一番斗争的，陈子涛在斗争中坚持了"为人民服务"的观点，他驳斥了若干同仁害怕危险的思想情绪，他说："办刊物不是给自己看，读者既要求这样，我们就必须这样。"当环境一天比一天险恶的时候，大家必须考虑自己建立一家印刷厂，才能保持继续出版，而在当时，《文萃》这样一个被迫害的刊物，是无法完成这一任务的。当每次思想斗争遇到难以克服的困难时，陈子涛就想起了群众，他常对编辑同仁说："我们这个刊物不仅是指导群众思想的，更重要的在于组织群众的思想，把它综合起来，提高起来。"陈子涛就是靠着这种信念，才使《文萃》的工作获得胜利，才能在困难面前不低头。

勤于学习的良好品质

表现在陈子涛身上的还有一个显著优点就是勤于学习，不耻下问。

在严重的白色恐怖下，在被敌人追捕的逃亡中，他们都不断地学习，不断地向书本、向群众、向工作学习，陈子涛在担任了编辑工作以后，常常对大家说："不学习不行，每天都有新的东西，要我去解决。"陈子涛常常在电车里、在印刷厂里、在饭店里利用间隙学习，直到被捕以后，他和何民还不断带信出来，要大家送他一些中国的外国的书报，有一次信上说："书收到了，比什么都高兴。"

陈子涛有着坚定的共产主义信仰，有相信胜利的坚定信心和决心，任何情况下，不向困难屈服、依靠群众、艰苦奋斗、服从组织、加紧学习——这就是《文萃》编辑们的伟大布尔什维克精神与作风。他们曾经使用这些武器，在艰难的岁月里坚持了阵地，取得了胜利。直至把生命献给了革命。正是这种不怕淫威迫害，坚定革命信念，顽强牺牲的革命精神，才换来了今天的伟大胜利。

第六章
中统侦缉《文萃》

侦骑四出，查无影踪

1946年春，一本揭露国民党发动内战的《文萃》周刊，在宁沪杭地区产生很大影响，《文萃》的尖锐泼辣，引起国民党当局的注目，《文萃》是谁办的？这个问题被迫切地提了出来。

国民党中央把这个任务交到中统局，中统局奉令转饬上海特派员办事处侦查。

《文萃》上注明是文萃周刊社发行，上海中统人员按照老一套方法，先到国民党上海市党部和上海市社会局调阅报刊图书审查登记表，当然查不到，以后再往上海市警察局调阅户口簿，也没有发现线索。无地址的案子不是一时能查出来的，行动员向他们的队长苏麟阁建议："挨门挨户地查，总会查出来的。""否则就查扣所有的《文萃》。"

后来，上海特派员季源溥和上海特派员办事处处长陈庆斋下达指示：当前任务是如何阻止和破坏反内战活动，侦查《文萃》暂缓。

1947年3月到6月底，国民党上海市市长、警察局长签署了不少训令，指令警察局、社会局在全市各报摊秘密取缔《文萃》。上海的国民党军、警、宪、特联席会议多次讨论此事。当时他们都以为《文萃》丛刊是香港出版的，就通过报摊追查销售点。6月12日，敌人据《论纸老虎》一书"系由香港秘密运来交北四川路仁智里155号读书出版社承销"的情报，闯进人人书报社查询。虽然因不是读书出版社而来查抄，但这是一个危险的信号，因为人人书报社就是《文萃》转入地下后开设的掩护《文萃》丛刊的公开机构。事情发生后，中共地下组织决定迅速关停人人书报社，人员撤出。7月1日，人人书报社全体人员在市郊广肇山庄开会，陈子涛在会上讲了敌人蓄意破坏《文萃》的险恶形势，宣布人人书报社停业，尽快结束所有业务，原来住在那里的人，除韩月娟留守房屋外，其他人立即撤出，房屋要迅速转让出去。

当时陈子涛处境非常危险。

大家快行动起来，用行动来迎接新的伟大事变！

就在《文萃》地下版第10期即将发行之际，主编陈子涛不幸落入了敌手。据解放以后我政法部门人员配合文史部门了解国民党特务机关"中统侦缉《文萃》案的前前后后"，1947年7月19日时已有《文萃》有关人员被捕：

（中统）布置大批特务分两条线追踪，一条是在马路书报摊旁秘密侦查，抓《文萃》的地下发行员；一条是侦查承印《文萃》的印刷厂。1947年7月19日，有四名发行员被逮捕，留守在北四川路仁智里155号人人书报社里的韩月娟也被逮捕。

据温崇实回忆，在随时有可能暴露的危急时刻，陈子涛还在坚守岗位，努力推动着《文萃》第10期的发行工作。并且，陈子涛没有顾得上自己的安危，几次要求温崇实赶紧转移（温崇实最后成功脱险）。

前述"中统侦缉《文萃》案的前前后后"对敌人后续的追捕有这样的记载：

承印《文萃》的友益印刷厂被发现，特务跟踪到友益印刷厂经理骆何民住所，把骆何民和隐藏在骆何民家的陈子涛一起逮捕。吴承德也在紧张地装订最后一期《文萃》丛刊时被捕。中统行动员把许多《文萃》稿件，还有文萃社的印章等搜去。

在上述记录里被敌人抓捕的《文萃》社的陈子涛、骆何民、吴承德等三名同志，最后都被敌人杀害。他们三人因此被并称为"文萃三烈士"。

陈子涛在《文萃》的同事蒋云骋，在新中国成立后多方查询到较为丰富的记录，综合起来确认了陈子涛的被捕是因为承印《文萃》的秘密印刷厂被敌人发现。而陈子涛当时寄宿在印刷厂经理骆何民家里，是在搜查时遭逮捕的。这份记录更详细区分了《文萃》各个工作人员被逮捕的顺序：

21日下午4时30分，特务搜查了友益印刷厂，逮捕了去该厂取第10期《文萃丛刊》的吴承德同志。接着，特务又按址去费骦

（友益印刷厂经理）兄弟住处，借口该厂汽车牌照有问题，将费騮、费騄（友益印刷厂会计）扣押在静安分局，骆何民和费枚华同志当天在费騮家做客亦被特务扣押。当晚特务搜查骆何民家时，发现了陈子涛同志留宿该处，因陈子涛同志的墨水笔杆上刻着的名字，知道他就是陈子涛，这时敌人欣喜若狂。宣铁吾致吴国桢的代电中说："调查骆尚文住宅时，同时发现陈子涛也留息该处，此诚意外之收获，可谓全案得有宝贵之要领。"

陈子涛没有用党组织的经费给自己租隐蔽的房子，当时寄宿在秘密印刷厂负责人骆何民家里，他也间接因为印刷厂遭敌人破获而被捕。若是此前陈子涛给自己准备单独、隐蔽的住处，而没有在艰苦的环境里采取临时寄宿的形式，那么，在印刷厂暴露之后他肯定有机会逃脱。为此，陈子涛的上级姚溱后来觉得很遗憾，认为要是陈子涛没有把租房子的钱用在公事上，在印刷厂被敌人破获时，还是有希望"不会同时被捕"的。

实际上，陈子涛在《文萃》社有关人员被捕之后立即转移，也还是有希望得以脱险的。因此，陈子涛是为了党的事业、为了坚守自己的职责而不顾个人安危的。可以说，陈子涛在被捕之前的举动，展示了一名共产党员时刻把党的利益放在第一位的精神。

奇怪的广告——招寻银老太太

中统局长叶秀峰下令密查《文萃》。

叶秀峰（1900—1990），江苏扬州江都人，天津北洋大学（今天津大学）矿冶系毕业，美国匹兹堡大学硕士。历任中学教员、国民革命军总部机要秘书、南京市党部委员；后转入中统，任国民党中央组织部调查科长。1947年，中统改组为党员通信局（简称党通局），叶秀峰任局长；1948年当选"国大代表"，兼"国民大会主席团"主席。

1947年春，上海一家大报的广告栏内登载一条寻人广告，排印出醒目的字体"招寻银老太太"。

这条奇怪的广告，被敏感的中统局长叶秀峰发现了，他手令私人秘书蒋子桥剪报寄沪，嘱咐立即侦察具报。

沪处接令后，和侦察《文萃》周刊社一样，奔忙了几天，一无所获。

一天，叶秀峰到了上海，曾向沪处处长陈庆斋问起关于侦查"招寻银老太太"广告有无下落。

叶说："这是一件有意思的案件。"

陈答："值得注意。"

叶问："陈处长，您是老内行，对这个广告怎么看法？"（因为陈庆斋是叛徒，原名胡大海。)

叶并且说："在我看来，这是个找关系的广告。"

陈说："是的，我的意见是，我们登一个回答的广告。"

叶点点头同意，并指示：在登广告后，还要布置一个小小的阵势，准备张网捉鱼。

几天后，在那家报纸的同一个广告栏内，和"招寻银老太太"广告同一部位登载着一条新的广告："白发娘望儿归"，下署"银老太太"，地址写的是"亚尔培路××号"。

中统沪处登出广告后，处长指派卢志英守候，并指示行动队长苏麟阁暗地进行监视。

卢志英是国际组副组长张彼得介绍到沪处工作的，卢同张是同学关系，因卢志英能讲外国语，所以张介绍卢到沪处工作。

卢奉命守候找"银老太太"的人来接头，三天过后，卢向中统汇报说："没有人来。"（实际上，在登报后的第二天，就有人来找"银老太太"了。）

卢志英不慎被捕

卢志英，1925年参加中国共产党。家境贫寒，少年时随人闯关东，在黑龙江谋生。后去张家口、郑州、洛阳等地。1925年参加冯玉祥部国民联军，当营长，参加过北伐战争。大革命失败后，率一个营举行起义，转战于甘肃、宁夏，遭敌包围，失败受伤后逃出。后在关中继续组织武装斗争。1927年8月，到北京，从事地下工作。在北京大学、清华大学等校旁听，坚持自学英、法、德、日语。1929年在上海中共中央军事部做情报工作。1930年曾在中共南京市委参与领导工作。1931年九一八事变后被派去西安，在杨虎城部从事兵运工作。1932年又调往南京、上海从事秘密工作。1932年3月，被派往江西德安国民党军莫雄部任参谋长，从事兵运情报工作。10月获取蒋介石发动第五次大规模"围剿"红军的计划，迅速转报中共中央。1935年随该部调往贵州，任国民党毕节专署总务科科长。1936年2月，任中共中央驻贵州特派员，积极为红二、六军团提供情报。1937年调回上海。抗日战争时期，在上海以面包厂厂长身份从事反日斗争，经常去苏北活动，任苏北新四军抗联部队副司令员兼参谋长。抗战胜利后，在上海负责沪宁杭沿线的情报工作。1947年3月2日被国民党特务逮捕，秘密关押在狱中。1948年12月27日，英勇就义。

1947年2月28日，国民党特务占领了马思南路107号中共驻沪办事处，斗争环境更加险恶。中共代表团撤离上海前夕，周恩来考虑到卢志英在上海工作时间太长，容易被敌人觉察，建议他早日离开上海，撤回解放区，并做了具体安排，要杭州地区负责人来接替他的工作。不幸的是,接替的人尚未到达,而敌人的魔掌已暗中伸向了卢志英。

因为就在这一时期,卢志英系统内出了秘密投敌充当内奸的叛徒张莲舫。张莲舫曾在新四军当过基层干部,1946年3月到卢志英情报系统后作为骨干被重用。后来,在灯红酒绿的上海,生活逐渐腐化堕落,染上了酗酒、嫖娼恶习,张莲舫在无力自拔、入不敷出的窘况下,想出了来钱的一招——向特务机关自首,他的叛变使卢志英及其系统几乎全军覆没。

叛徒张莲舫的所作所为和违反组织原则的表现,卢志英并非毫无察觉,但没有想到有这么严重。出于对同志的仁爱和信任,当时,只命张莲舫交出联系的同人,切断了一些工作关系,并找他谈话要他改正错误。可是,张莲舫不思悔改,决意叛变革命,甘心投敌,先向国民党社会局卖身投靠,得法币四十万元。此事,正巧撞在打入社会局任副局长的中共党员李剑华手中,未酿成大祸,李剑华立即转报组织,可一时不知张莲舫属何系统。同时,张莲舫又投中统,向中统党派组供出他所知卢志英的活动、与华中分局情况报的关系,以及他所知道的工作人员等情况。从此,卢志英的一些活动处于特务秘密侦查之中。

一次,张莲舫得到卢志英将出席一次会议的情报,急忙密告中统局。3月2日下午,卢志英前往河南路天后宫附近一位同人家中参加会议,一进门,发觉主人不在,情况有异,他立即退出。但发现有两人骑自行车飞奔而来,卢志英疾步走出弄堂,急中生智,跳上一辆刚刚启动的电车,才站稳身子,便发觉跟随他的两个人也上了这辆电车。过了一站,卢志英镇静自若地跳下电车,不料两个特务仍然紧紧地跟着他。卢志英加快脚步,走到八仙桥祥生出租汽车公司(今青年会大酒店)门口时,没想到又有五个便衣特务在那里等候。他们包围上来,把卢志英挤进汽车公司,硬推上出租汽车押走了。

事情的败露往往是从细微末节引起的。卢志英的记事本原来是放在衣箱内的,有一天他忘记上锁,还半张着箱口,张莲舫就顺便抽出记事本,看后心中一怔,便明白了,他将原物放好,把箱子锁好,卢志英回到房间,见床箱如旧,没有什么怀疑,也记不起自己曾忘记锁箱子的事了。

不久后的一天,二楼"特派员室"中特派员季源溥、处长陈庆斋、行动队长苏麟阁等都在座,对卢志英进行审讯。

陈问:"苏北有朋友吗?"

卢答:"没有。"

苏问:"叶忠蕃是什么人?"(卢日记上有此姓名。)

卢答:"我不知道。"

季问:"你什么时候参加共产党?"

陈、苏都插话说:"卢志英,你好大的胆,居然闯到要害部门来了。"

卢答:"我不是共产党。"但是,记事本上却隐约地露出一些蛛丝马迹,他们不再理会卢的否认,继续检查卢的记事本,上边记着四五十个人的名字,有的有地址和电话号码。

上海特派员办事处派员跟踪卢志英,控制他的行动,并在3月2日将卢志英逮捕。

沪处还决定把卢志英记事本上能找到地址的人先行逮捕。首先逮捕了叶忠蕃,然而经侦悉,叶既非共产党员,与共产党也无关系,而且是个三青团员,在公用局当职员。审问中,他也说和卢志英素不相识。再问卢志英,卢也说不认识。后来此事不了了之,保释了事。

陈子涛被捕

中统沪处从卢志英身上没有查出名堂,《文萃》案依然不能破获,因此布置大批特务分两条线追踪,一条是在马路书报摊旁秘密侦查,抓《文萃》地下发行员;一条是侦查承印《文萃》的印刷厂。1947年7月19日,有四名发行员被逮捕,留守在北四川路仁智里155号人人书报社里的娘姨韩月娟也被逮捕。7月21日中午,陈子涛去友益印刷厂,《文萃》丛刊第 10 期正在那里赶着装订。下午陈子涛又去一个同仁处取材料。不料敌人下午扑到友益厂逮捕了负责经营发行的吴承德,接着又在别处抓了骆何民。陈子涛本来是想转移到江湾一个朋友处去的,那天回到骆何民家还没有走。晚上,特务押着骆何民到骆家企图查抄,发现了陈子涛,立即用枪抵住他喝问姓名。陈子涛编了个假名字,但在搜查时,在他的钢笔杆上发现了陈子涛的名字。特务得意地狞笑着说:"可找到你了!"狠命抽打了陈子涛的耳光,把他和骆何民押进了亚尔培路(今陕西南路)2 号中统上海办事处。

陈子涛被捕时,敌人在房中搜到一张写着编印《文萃》的方针和授意修改乔木文稿的信纸。虽然他们研究出署名是个"静"字,却不知道写这张纸的人究竟是谁、现在何处。他们以为只要通过刑讯逼供,就能破坏中共上海中共地下组织。于是他们对陈子涛用尽了各种酷刑。

陈子涛、骆何民、吴承德、韩月娟、卢志英等五人在上海羁押约 9 个月,该处曾进行过若干次的审讯,查明《文萃》是共产党主办,并认定陈子涛等人都是共产党。至于其上下领导关系和组织系统等,因陈子涛等人的拒供,还弄不清楚。

陈子涛承认他是《文萃》主编,是共产党员,但不愿交出党的关系。中统沪处旋即将陈子涛押解往南京,并向中统局报告陈被捕后的反抗活动：陈子涛在羁押期间，曾鼓动狱潮，企图逃跑未遂。

骆何民承认自己是《文萃》刊物职员，并说自己是失去联系的共产党员，与陈、吴两人没有共同开过党的会议。他还证明韩月娟不是共产党员，是个女佣人。

骆曾在湖南以新闻记者身份为掩护，进行反对国民党反动派的宣传活动，曾被湖南军政当局逮捕。后来越狱逃出，1946年年底到达上海，为了找党的组织关系，才登"招寻银老太太"的广告一则。这段情节，骆在上海时未说，中统沪处也未侦讯出来。以后，中统局向中央党部报案，回示中曾嘱令中统局追究骆的越狱事件后，才查出这则广告是骆何民登的。

韩月娟说她是个用人，是由佣工介绍所雇来的。对陈子涛和吴承德都称"经理"，对骆称"先生"。她在那里洗衣服、做饭、收拾收拾东西。她还说陈子涛等对她很好，晚上教她学文化。她初去一字不识，现在能看信了。她是浙江宁波人，因当地生活贫苦，才到上海亲戚家找工作的。

在牢房里，有的难友天寒衣单，陈子涛把自己的大衣送给难友穿；难友受刑回来，陈子涛就搀扶他活动身体，又给按摩。而对安插在牢中的特务则毫不留情地斗争。特务欺侮难友，陈子涛便帮着难友与特务斗争，一面大声叫喊，使整个监狱都知道这个特务的真实面目。一面与特务对打对骂，让特务的阴谋一次次遭受失败。

解送南京中统局

浦熙修（1910—1970），女，江苏嘉定（今属上海市）人。1933年毕业于北京师范大学中国文学系。民国时期著名女记者，先后供职于《新民报》、香港《文汇报》，采写了不少当时轰动全国的进步报道。被誉为"勇于披坚执锐，敢于短兵相接的新闻战士"。1946年，浦熙修在震惊中外的"下关事件"中遇到国民党特务毒打。1948年，国民党以"共党"嫌疑将她逮捕入狱。毛泽东曾称她为"坐过班房的记者"。

中统局沪处因对陈子涛等人一案已无发展，乃于1948年4月间，解往南京中统局，关在瞻园路南京宪兵司令部看守所。

浦熙修与陈子涛、骆何民、卢志英是狱中难友。据浦熙修回忆，南京宪兵司令部的看守所，是特造的一所牢房。屋顶是平台，有宪兵在上面经常驻守。入夜，守兵沉重的脚步声，与犯人哗啦啦的脚镣声合奏出最凄惨的调子，使我通宵失眠。在这座大牢房里，用砖墙隔成无数的小房间，分排为东、西、中三弄。西边是女牢房，东和中是男牢房。每间小牢房关着两个人，只有一个探不出头的小门洞透气，光线从平顶上的几个小天窗射入，平顶下又罩着铁丝网和铁栅栏。在这天罗地网中，是无法逃脱的。 我们女政治犯十三人初解到这里的时候，不禁加重了恐惧，后来和隔壁的难友互通了消息后才好些。 那也只有卢志英、陈子涛、骆何民、吴承德四位先生是政治犯，其余大半以军人为多，也有不少是特务。 他们慎重地传话给我们，要我们说话小心。 那些特务最喜欢装作政治犯身份来套实情，然后去报告给他的上级捞取好处。 卢志英先生是他们四人中最老道的一位。 他由一个小墙洞中传给我们不少消息。 他的妻子和儿子同时被捕。 特务还当着他儿子的面对他用刑，也当着他的面叫他儿子吃苦。 但他始终没有屈服，也没有招供出什么来。 他一年多来都戴着脚镣过活，冬天冷得脚变得僵硬。 他说："一年来冬天没有盖的，夏天没有换的，幸赖他的身体好挺过来了。 今年总算享福，他的妻子出狱后，转辗设法为他送来了棉被，也寄了钱。"他这种吃苦的精神，仿佛分担了我们的痛苦。 大家觉得他这般的苦都熬过了，我们也应忍耐。 他喜欢做做诗，哼哼小调，有时读读《通鉴》与《史记》。 一切处之泰然。 虽然他的苦难受得比谁都多，他却常常安慰人，鼓励人，一颗苦难的心，是最会体贴别人的苦难的。 当卢志英半夜听到浦熙修咳嗽，生怕她得肺病，一定要从墙洞中送给浦熙修一小瓶鱼肝油。 卢志英看见对面的小犯人没有菜吃，总要设法买块豆腐来给他增加营养。 我们也从卢志英身上看见新生的展望与观察。 他说："我是这里的老犯人，一切有办法，你们来找我好了。"的确，同监的难友，都称他老卢，有困难时总找他排解。狱卒也都尊敬他。 卢志英总是很乐观，认为快胜利了，有希望了。 卢志英把隔壁那位愁眉苦脸的法商女同学说服得有了信心而笑脸常开。他将一个国民党的军人说服得不再想打内战。 他有一天，忽然作了两首诗给我看，后面却写着这样的话："胜利在望，死而无怨。"

骆何民平常是最爱说话的一位，他喜欢谈谈印刷上的生意经，他打算胜利后仍办印刷业，我们这批女政治犯前来，显然使他们兴奋不少。 骆何民说："一年多来，我们已经把话说完，幸亏你们带些新话题来。"我们在狱中谈话，常常要受到狱卒的咒骂。"自爱些啊！""不要脸啊！"等等，是他们的口头禅。 有时还会用上镣铐来威胁。 但我们总偷空猜谜，说笑话，骆何民是此能手，骆何民有着不少英文小说，常常也借给我们看。

陈子涛很少说话，他总是在默默地看书。 他说："读英文最能消磨时间。"

沪处在报告中曾附有对陈子涛等人的处理意见：陈子涛是首要分子，不愿悔改，在关押时企图逃跑未遂，应严办，拟报请并案处决。卢志英打入本局组织，为敌工作，罪在不赦，而被捕后迄不悔改。 为扩大破获计，吴承德有可用之处，拟予教育，饬令表现工作。 韩月娟受人愚惑，拟予教育，拟饬家属领回管教。（后吴承德移解浙江宁波，于解放前被杀害。）

当陈子涛一案解到南京后，因在沪时中统局就曾派人讯问过，故当文件发到指导科时，在处理此案件的签呈上，就有中统局长叶秀峰的批示。他在对陈子涛、骆何民两人的批签意见上批："根据拟意报核。"对卢志英批："再讯一次拟核。"对吴承德、韩月娟所拟意见批："可以。"

这个案件发到中统局指导科处理，因为陈子涛、骆何民两人已定，故未再讯问。

此案是由指导处长杜衡交给处长室专员孔庆骧经办的。孔曾根据叶的批示，提出意见卢志英曾立功，但文件送到中统局副局长季源溥核阅时，季没有批，而另外下一手令："查卢志英打入本局，进行反动活动，应报请处决。"因此，孔没有再审讯卢，也未再批意见。

陈子涛、骆何民、卢志英等被捕后，党组织营救工作一直在努力进行。除安排亲属、亲友去监狱送衣物药品外，又通过中国民主革命同盟的成员设法营救。1948年夏，在中共地下组织安排下，陈子涛的叔叔陈国材由沪赴宁探监和奔走营救。但是都没有结果。

党组织对陈子涛的肯定

当时温崇实还兼任另一杂志《评论报》的编辑工作，工作较忙，又恰巧有些感冒，二十日并没有时间办转移，只是找到了一个隐蔽地点。陈子涛被捕后，党组织领导人约定了和温崇实见面的时间，然后温崇实按组织决定另找了隐蔽住所。在温崇实隐蔽的两个月内，党组织告诉温崇实说：

① 自从温崇实报告了出事消息后党组织已经采取紧急措施，敌人的破坏已被制止；

② 党组织已派专人了解情况，追查出事原因，了解被捕者目前的情况及表现；

③ 党组织告诉温崇实，陈子涛等人现被关押在亚尔培路2号，陈子涛非常坚定。发现汪震宇同志仍在外面收"文萃"的账款，嘱温崇实去信通知，制止他继续活动；

④ 党组织告诉温崇实，陈子涛等已由亚尔培路转押到蓬莱监狱，不得不承认陈子涛是我党优秀党员，在监狱里坚持斗争，痛斥特务罪行，党组织正在设法营救；

⑤ 党组织决定，嘱温崇实转移到香港去报告《文萃》出事情况，并且说明仍将和温崇实继续联系；

⑥ 党组织告诉温崇实，陈子涛在狱中越斗越强，坚贞不屈，遭重刑，多次晕厥，体质虚弱，仍坚持学习英语，并且及时告诉温崇实，陈子涛已转押到苏州政治犯监狱。

《学习陈子涛骆何民的高贵品质》

黎澍发表于1947年7月23日《大公报》上的署名文章《学习陈子涛骆何民的高贵品质》中指出，陈子涛、骆何民有一种共同的高贵的品质，这就是，当他们面对敌人的进攻的时候，不是退避，而是勇敢坚决地和敌人做斗争，一直到他们的最后一息。

《文萃》社在1946年7月蒋介石匪帮发动反人民内战至1947年7月的一年间能够毫不动摇地坚持斗争，最重要的因素之一，就是因为《文萃》社是以他们为骨干而建立起的一个坚强的战斗体。

在那些最危难的日子里，没有人不为陈子涛的安全感到关切，可是陈子涛所关切的却不是自己的安全，而是《文萃》的工作。他们从读者的反映认识到在当时出版《文萃》的意义。不管蒋介石匪帮的特务走狗多么凶狠，他们宁死也不肯让读者对他们失望，宁死也不肯放下高举在他们手中的斗争的旗帜。并且选择这个时期，坚决地加入了中国共产党。

有陈子涛英勇的战斗，何民奋不顾身的革命精神乃与之相得益彰。何民于1946年11月初刚从福建蒋匪特务手中逃来上海，可是他见到陈子涛的艰苦事业，就说："我不能不帮助他们。"他不顾一切的困难，英勇地把自己投进了当时的斗争。他在最后一次被捕以前，曾经六次被捕过。他的意志如此之坚强,以致敌人在第七次逮捕他的时候,除了卑鄙地杀害他,不能期望从他那里得到任何的屈服。

抛弃一切小我的小打算,学习陈子涛、骆何民的高贵的品质,全心全意地为人民的事业献身,乃是我们后死者对英雄们的最忠诚、最永恒的纪念。

第七章
坚定的共产主义信仰

宁死不屈

贾植芳(1915—2008),著名作家、翻译家、学者,"七月派"重要作家,比较文学学科奠基人之一。曾赴日本东京大学学习,早年主要从事文艺创作和翻译。曾任《时事新报》、文艺周刊《青光》主编。

1939年11月,贾植芳到重庆的国民党政府军事机关报《扫荡报》任编辑。1946年6月,在《大公报·文艺》《文汇报》《联合晚报》《时代日报》等报刊上发表政论性杂文,并协助胡风主编的《希望》杂志、《七月文丛》编审稿件,11月受邀主编《时事新报》文艺周刊《青光》,次年2月因受政治形势压力被迫停刊。1947年9月,因在地下学联的《学生新报》发表的文章而被捕。

在1947年9月的一天深夜,贾植芳等人由亚尔培路2号,被押到蓬莱监狱。难友骆何民、吴承德、卢志英、陈子涛、贾植芳在蓬莱监狱的第四号监房中会师了。

贾植芳在他的回忆录中曾写道:国民党反动派把他们的鹰爪伸向了进步的报刊和积极为解放全中国奔走的热血青年,尽管他们采取了十分卑鄙下流的手段围剿我们,但这些热血青年不屈服于权势淫威,积极抗争。特别是《文萃》主编陈子涛,在监狱里顽强战斗,英勇斗争,绝不屈服,给我们难友留下了终生难忘的印象。

"这全是知识分子的小趣味主义惹的祸,"陈子涛说,"我的一支笔上刻了我的名字,特务一搜到笔,在电灯下一照,如获至宝似的喜欢地说:'可找到你了。'马上拍拍拍的就是顿耳光。"说完,特务们清朗地笑了。

一到2号监室，不容分说，陈子涛一直就被押到楼上会客所里，一个肥头大耳穿长袍戴眼镜的中年胖子，高高地坐在桌子上首，吸着雪茄，立在身旁的是几个杀气腾腾的小特务，都显出一副精力横溢的样子，像窃得财宝回山的强盗，屋子里出奇地静。

"你就是陈子涛吗？ 久仰！ 久仰！"胖子鼻子里喷出青烟，两个圆眼睛透出凸出的镜片，冷峻地瞪着他，肥腮帮上拉出两条弧，是一种充满了轻蔑的仇恨表情，头微微向一旁傲慢地摆动。

"不错！"陈子涛瘦削的身子昂然地挺向前。

"我是这里的主任秘书，姓彭，你记清楚。"这个国民党豢养的一条狗慢吞吞地，一个字一个字矜持地说，眼睛向下，充满了仇恨地怒吼道："我就是你说的特务，国民党的走狗。"姓彭的特务大声地喊着，尾音发尖，一副丑态。

"你说得着实差不多！"陈子涛以鄙夷的声调，挺胸傲慢地说。

"你浑蛋！"这个畜生积聚的怨毒，一下燎亮地燃着了。特务大声拍着桌子，地下站着带枪的小特务，一下全前进了一步，挤拢在陈子涛的身边，摆出要动手的样子。

"好！"这头牲口，声调阴沉地继续说，"你到了这里，还是这么蛮横，你这才真是一个好共产党员，我佩服！ 哈哈……"他伸出大姆指,嘲弄地说,鼻子里发出粗重的恶笑声,显示了他的胸有成竹,先玩弄你一下,畜生一样嗷叫道:"你真有种,你算好汉,你不愧受过毛泽东的教育,好极了,哈哈……"停了一下,他忽然面孔一变,脸色铁青,"我今天就先考验考验你这个共产党! 来人呀!"围着陈子涛四周的特务,抢步向前,左右各两个。抓紧陈子涛的臂膀,后面一双手撕着陈子涛的衬衣"先剥光他",牲口用非人性的声音怒吼着。陈子涛一动不动,目光直直的,怒火喷向这群恶魔。小特务们手脚利落地,像剥窗户纸似的,连扯带拉地剥下了陈子涛的衣裤,只留下背心和短裤。

"这样子不大体面了,哈哈……"特务玩弄地笑着,面孔好像被魔鬼操纵似的,马上又一扳,"拉下去!"特务随着离开了桌子,把半截雪茄,使劲扔在痰盂里。

陈子涛像臂生两翅似的,半空半实的,被一群小特务架着走下了楼梯,来到一间阴暗的审讯室,灯光阴暗,刑具俱全,是特务灭绝人性、惨绝人寰、施行淫威的地方。那头胖畜生跟着走进,先习惯地关紧身后的门,坐在小桌后面,面孔威严地向着凛然挺立的陈子涛,盯着足足有好几分钟,忽然淫恶地笑着说:"你有种,真正做到临危不惧的古语,我佩服,佩服! 哈哈……"忽然歪了头,向陈子涛的面孔说:"我瞧你这个文弱的书生,身体恐怕吃不消吧? 我也是个读书人,最能体谅读书人,你老实招了吧,我一定从宽处理,怎样?"

过了大约三分钟,特务又狂吼:"你怎样?"牲口的声音大而严厉地胁迫着陈子涛。

陈子涛仍然挺立在地上,在小特务的挟持中。

"好!"牲口勃然大怒了,蠢笨的身子跳了起来,拍着桌子,"我是先礼后兵!"他跳到陈子涛的面前,肥掌在陈子涛的两颊上飞快地挥动起来,只听"啪,啪,啪,啪"雨点一样的响声。

"老子先给你尝尝小点心!"打停了,特务卷着袖子,气喘吁吁地说,"老子向来文明,不亲手打人,你太可气了,你用沉默来抗议,你不把老子当人看,你太侮辱人了,没有客气,今夜我陪你到天亮吧!先上他老虎凳!"

小特务们把陈子涛猛烈往下按去,陈子涛的腿硬撑着,后面的小特务向陈子涛的上腿部狠狠地踢一脚,两旁按肩臂的特务,趁势就把陈子涛按倒在地上,提起脚来一齐重重踢向陈子涛,接着就重重地在小腿部踩下去,骨节折断似的发出干硬的响声,陈子涛眼前直晃,汗珠开始大颗地滴下来,他闭上眼,仍然没有发出声音,吃力地咬着嘴唇。

"你有种,好汉!"特务双手叉着腰,冷峻地说,"提上去!"

小特务把陈子涛举在靠墙的老虎凳上,陈子涛的双腿失掉作用般被拖拉着,小特务们动作熟练迅速,一个劲地当胸把陈子涛推得脊背顶着墙,左右两个特务,一边一个拉直陈子涛的两臂,又一个把陈子涛的双腿拖在凳上放平,一边向里推着两腿,使屁股结结实实地挨着墙,一个就解下挂在墙上的粗绳子,把陈子涛的双腿和凳子绑在一起,绑一周,吃力地拉紧一下,一条很长的绳子密密地绑好了,这才拭着脸上的汗,拿屋角放的粗木棍子,双臂挺直用力地塞进小腿和凳子的中间,又翘上去,露出空隙,那个负责陈子涛的腿部的小特务,就把预备在手里的砖头塞了进去。

"加!"特务喊着。

加上一块。"加!"特务喊着。

又是一块。

"加!"特务声音发尖地喊。

又是一块。 翘腿子的棍子半垂直了。

"再加!"特务灭绝人性地鬼叫着,像恶狼一样凶狠。 又是一块。

"再加!"特务的声音沙哑了。 棍子垂直了。 塞进了第七块。

始终毫无声音,陈子涛的眼睛深陷了下去,两颊发凹,本来是黝黑的面孔顿时变成了青紫色,豆大的汗粒像黄豆似的全脸都是,特务们狰狞地恶笑着。

"招不招?"

"……"

"好!"特务迈进一步,伸开肥掌,向陈子涛的面颊上猛打……

"拧他的胸部!"特务打累了,鬼叫道。

塞砖头的小特务,拿衬衣袖子拭着汗,握紧拳头,把陈子涛湿透的汗背心推上去,露出干瘦的胸脯来,这个畜生坚硬的拳头就像穿着军靴的蹄子一样,在陈子涛胸上骨骼之间贴着肉皮的全胸由上到下地蹂躏,陈子涛的嗓子里发出断续的咝咝声来,持续了四五分钟……

"招不招?"

尖锐的喊声响在陈子涛的耳膜上,像恶狼的吼叫,陈子涛本能地愤怒地摇动着头颅。

特务们恶毒地睨视着陈子涛,焦急地舐着狼一般的唇皮。

陈子涛在凳子上,毫无声息,仿佛是一块冷却了的铁。

一个特务叹了一口气,马上为遮掩自己的懦弱,点了根烟吸着。姓彭的特务夺过烟去,把红红的烟头插进陈子涛的胸部,发出滋滋的声音。

陈子涛将头倒在一旁,汗珠遮没了眼睛,鼻涕淹没了嘴唇……

特务们在血腥中绝望地摇着头,面目狰狞,黔驴技穷。

姓彭的特务警觉到陈子涛口吐白沫,和昏昏歪下的头,连忙说:"喷水!"

小特务慌忙在地上水桶里舀了一碗水，重重地吸了一口，猛然喷在陈子涛的脸上，接着就一口一口地喷……

陈子涛头部蠕动着，微弱地睁开了眼，无神的眼射出仇恨的光……

"先放下来！"姓彭的特务鬼叫道。

小特务右脚伸起，向叠在腿下的七个砖头狠命地踢去，砖头哗啦啦地掉在地上。几个特务七手八脚地解绳子，解完绳子，踢砖的小特务双手提起陈子涛的两只脚猛然向后推去，发出"咯——吱"的干裂的响声，陈子涛凄惨地喊了一声……

"这个共产党真可恶，我也弄倦了。"姓彭的特务手发颤地燃着雪茄，"几点钟了？"

一个小特务看手表。

"快四点了。"

"先送他下去。"五个小特务像拖一块木头似的把陈子涛拖到第一号囚室里，摔在地上，大声地锁了门，走了。

狱室中有人扶着陈子涛躺在狭小的地上转，陈子涛微弱地说："我要休息。"

"不行，"一个着急的声音，他下意识地明白，这是难友，他们大概没有睡着，或者被开门的声音惊醒了，"你不能睡，这么要残疾了。"在难友们轮流的搀扶下,在狭窄的地上转圈子,外面鸡叫声声,晨风吹进来,陈子涛才感觉到彻骨的疼痛和凉意……电车在空旷的街道驰骋着。 这个醒来的都市开始了新一天的生活,陈子涛才沉沉地睡了去。 有人揉着陈子涛的腿,他只感到身子不平衡地摇动,腿像脱离了自己,身子感到冰凉,汗背心和短裤子都贴在身上……一天在昏迷中喝过两杯开水,黄昏的时候,他又被拖上去了,这次的凶手是苏麟阁。 陈子涛不要搀扶,就倒下去,躺在地上,面向这个因荒淫于酒色瘦得和骷髅一样的苏麟阁。

"先生,"这个苏麟阁皮笑肉不笑地说,"你是一个好汉! 一个好共产党。 要是共产党员都像你,我们早没有饭吃了。"苏麟阁一边目光尖锐地看着冷漠的陈子涛,一边倒吸了一口气,强作镇静,鼓足兽性,假惺惺地说:"昨天晚上,姓彭的对付你那套太软了,他是这里的一个好人,一个扒在桌子上写材料的人,不大下得了手,所以给你造成了当英雄的机会。 兄弟我你大概还不知道,我自我介绍,我姓苏,在这个机关提到我,铁人也要发抖,马上你就明白,嘿嘿……"一边狡诈地说着,一边对陈子涛察颜观色,故意地停顿了一下,接着就面孔一翻,兽性发作地说,"本来我们对于知识分子先生,是最尊重的,没有确实证据,我们不给他下手,要是有证据而不认账,这是和我们为难,这最不可原谅,对不起,我们要好好地请他享受享受,如果立即死掉，也该他自己负责，这是他太不原谅自己嘛！"苏麟阁歪着头，摊开两手，恶毒地笑起来，但那个丑脸已然成了青灰色了，阴险的笑声如饿狼扑食。

"但是，"苏麟阁声音变了，是一种尖厉的高声，脸上完全成了铁青，他尖利地说，"我今天晚上要你负责答复我的第二句话，交出你的组织关系来！"

"什么组织关系，不懂！"陈子涛冷漠地说。

"不懂？哈哈，你好外行，先生。"苏麟阁奸诈地一笑，说，"你开了口真不容易，像我们这种人，能得到你的回话，这就很不容易了。也罢，我说给你几句，这是咱们的私人感情，回头再办咱的公事，姓彭的昨晚那一夜是多余，害得他今天睡了一整天，我给你说吧，你的第一个问题是不是我们解决了，你瞧，"苏麟阁拉开抽屉，取得几张纸头出来，摔在陈子涛的面前，笑着说，"这是不是你的东西？"不等陈子涛回答，苏麟阁就把桌子上的东西收回来，扔在抽屉里，叹了一口气说："所以我说这第一个问题，本来解决了，昨天那一夜，只算是一个小小的见面礼，今天我正式奉陪，我们这里，哈哈，是以武会友！你说吧！"苏麟阁玩弄地盯着陈子涛，脸的下部已开始变得尖刻冷峻。

陈子涛蔑视地站着，没有言语，他仿佛一个巨人站立在狂风肆虐的荒野。

"怎么？你真想领教我的本事吗？"苏麟阁阴险地说。

陈子涛仍然如挺立于荒原。

"好吧！"苏麟阁绝望了，"请你坐下来！"他大声命令伺候的小特务，陈子涛被按在椅子上，在写字桌的另一面。苏麟阁拉开了抽屉，拿出一包针摔在桌子上。

"手伸上来！"苏麟阁大声吆喝着。

陈子涛被强硬拉出臂膀，苏麟阁右臂像野兽伸上去，拳头重重地锤击了一下，然后打着寒噤地站起来，头歪向后去，但马上又咆哮了起来……苏麟阁坐在椅子上，充血的眼睛，直直地瞪着陈子涛，头发像要立起来，他很快地拿了一根针，一只手抓着陈子涛的手腕，在旁伺候的小特务冲上来，弄直陈子涛的手指。

一根白森森的针，插进陈子涛的指甲缝里。

然后右手五个手指都插满了针。

陈子涛勇敢地伸出左臂，另一个小特务奔上来弄直他的手指。

于是，左手的五个手指上也都插满了针。

特务们野兽般地露出白牙，笑了。

陈子涛忍受着彻骨的疼痛，鄙夷地望着这群畜生。

"你真是一个好共产党员！"苏麟阁咆哮着。

陈子涛静静地凝视着，窗布在飘动着，外面的天空漆黑，繁星闪烁着……

特务们拿起沉重的墨盒盖，悬挂在银针上，狰狞地敲打着，一根根像白骨一样的银针在摇晃着……

陈子涛闭起了眼睛。

血，鲜红的血，染红了陈子涛的手，流在桌子上，流到地板上……

陈子涛的眼睛紧闭，汗珠如雨，和血会合，不停地滴落……

接着又是第二套惨绝人寰的灭绝人性的方案，这是在静默中进行的！

陈子涛被按在条凳上缚紧，被用毛巾围了嘴，这个野兽苏麟阁亲自拿了一只水壶，把水向毛巾倒出，陈子涛艰难地呼吸着，挣扎着，失去了知觉……

特务们呆然地盯着陈子涛，渐渐地感觉到，又是一次没有收获的审讯。特务们心中在嘀咕，共产党是这么伟大，这么不可侵犯！在黔驴技穷之际，又来了第三套更加恶毒的灭绝人性的方案。几只兽爪掰开陈子涛的嘴。于是，红的香烟头在陈子涛的舌上、唇上、颈上烫着，发出一片滋滋的皮肤烧焦的声音。特务们恼怒了，疯狂似的，用拳脚在陈子涛的身上你一脚我一脚地踢去，正像国民党反动派这时在中国大地，肆无忌惮地蹂躏一样，惨无人道，灭绝人性。

陈子涛在迷糊中听到鸡的清亮的叫声……

这第二夜突击审讯无果而终，陈子涛在"明天晚上，我还要陪你一夜"的吼声中，被拖到号子里……

陈子涛被拖回来的时候，全号子的人，都在焦急地等待中睡去了，忽然有人听到布撕裂的声音，这时室友看到陈子涛已扯下一块衬衣布，往自己脖子上勒去，室友哭了，室友夺了布，陈子涛已讲不出话来，他只指着自己的伤痕，发出模糊的语音，特务是不会让他活下去的，他还是自杀吧，免得再受侮辱。他又撕衬衣。室友抱着陈子涛，哭着说："活着就是希望，我们要扛过去。"陈子涛才不再撕衣服，忽然从眼里射出燃烧起来的光芒，和烈焰一样，室友伏在陈子涛的背上哭起来了。这时大家都醒来了，围着陈子涛让他躺下，因为没有调羹，只好用碗，向陈子涛的唇边送水，用毛巾擦他浑身是血的身子……

第三夜还是这个姓苏的野兽下的手，这夜是绞头，这野兽说，知识分子当共产党是从思想出发，要头部负责任，所以要绞头。完了，又上老虎凳。末了，苏麟阁恶狠狠地咧着嘴说：我真要用这个办法了。所谓这个办法，据说叫"猪鬃扎马眼"，是用猪鬃向生殖器的眼孔穿进去，这是北京清代的五城兵马司审江洋大盗的刑法，铁汉也要死过去的，但仓促间没有刑具。"算你运气好！"这样突过了三关。此后，再没问过话，苏麟阁唉声叹气地说，共产党真你妈是块铁吗？！

尽管敌人对陈子涛"从头到脚"都施以了酷刑，却不能动摇陈子涛的精神。坚贞不屈的陈子涛受尽苦头，没有泄露党的一丝一毫秘密。他在狱中始终保持了共产党员的崇高气节，这也让各位难友留下了极为深刻的印象。

上海《大公报》1949 年 7 月 23 日的一篇文章中曾有一段这样的记载：

……刑讯二十三天，一切封建社会的和法西斯特务机关的酷刑全用过了。可是他不屈服，他的共产党员的伟大精神，他的不可摇动的信念与意志，使得狱中的难友和牢狱外面的识与不识的朋友，当提到陈子涛这个崇高的名字时，莫不感动地流下泪来。

当时亲眼看到陈子涛受刑的难友贾植芳，后来也写下这样一段饱含深情的回忆：

（敌人）一旦认为证据确凿，认定是共产党，那绝不会手软，各种毒辣的刑具都敢用。陈子涛的身份已经暴露，他的苦吃得最多，可是他始终一声不吭，保持了一个革命者的高风亮节。那个监狱并不大，审讯室就在我们这排牢房的对面，中间只隔了一个天井，每当陈子涛受刑时，我们都把胸紧紧贴在铁栏前，整个心都被审讯室揪住了……在他活着的时候我们经常用这样一句话来互相勉励："要活得像一个人！"这句话一直响彻在我的后半生。

《文汇报》发表的《追记陈子涛先生被捕事》一文之中，记述了陈子涛在监狱里面"不断地学习，一天到晚看书，与里面受难的同志们交换斗争经验……他自己拿来东西，大家吃。拿来衣服，大家穿"。

在入狱四个月左右之后，陈子涛被敌人从亚尔培路2号转移到蓬莱路警察局。当时也被关押在这里的地下工作者罗平对陈子涛在第二个关押地之中的表现有详细的回忆。从他的回忆中可以看到，敌人在屡次严刑拷打都没有奏效之后，只好转为劝说诱降。但陈子涛作为坚定的革命者，也和敌人的诱降展开了毫不屈服的斗争：

1947年9月底，我从麦琪路监狱转关到蓬莱路监狱，和《文萃》案件的陈子涛、骆仲达、吴二南关在同一牢房。

陈子涛关在亚尔培路2号时受过老虎凳刑。人很瘦弱，有病。他在蓬莱路监狱的表现，对我教育很深。1947年10月，大小特务时常从亚尔培路老巢到蓬莱路监狱喊陈子涛出牢房谈话，敬烟敬茶劝他投降。谈话是听不到的，但人影是看见的，往往看到他在大声说话，说完后就不睬敌人，自顾自走回牢房，对敌人很卑［鄙］视，记得有一次，他在大声说话："你们（指匪特）残酷虐待政治犯，严刑拷打，不准家属接见，饭臭吃不饱，有病不给药，不治疗。"骂得敌人无话可说，狼狈不堪。

当时，罗平也被敌人用了酷刑。随后他亲身感受到陈子涛对革命战友的温情：

我在1947年10月初，由于叛徒的出卖，我被拉出去审讯，用粗毛竹夹手指，上老虎凳，用刑后手指不能湾［弯］曲，两脚不能着地，被小特务拖回牢房，陈子涛和另一同志就扶着我在牢房中慢慢走路，到我能站立时，然后叫我躺在床上，用劲上下按摩。

过了很多年之后，罗平回忆起来时还说："这件事就像在眼前，陈子涛的无畏精神，让我印象很深。"

而罗平在回忆之中，还记述了陈子涛在狱中敢于为了难友和敌人搏斗："当时牢房中关有一特务，仗势欺人，陈子涛和他对打。有一次这个特务口出恶言，我和他吵了起来，动手打人，陈子涛一方面帮我打,并大声叫喊,弄得这个特务面目暴露于整个监狱。"这个细节不仅展示了陈子涛敢于斗争的精神,也展现了陈子涛对革命战友的深情厚谊。

而陈子涛转到蓬莱路警察局关押之后,还在继续坚持学习。《追记陈子涛先生被捕事》里记述:

> 等到过了农历中秋节不几天,我们一块从亚尔培路2号迁到警察局看守所,那时,他开始实行他的常[长]久学习计划,设法从外面带来一部英文字典和三本英文函授讲义,有时向会英文的难友请教,进步很快。一个多月,他读了一本。

难友在看到陈子涛在狱中还有这样的学习劲头之后,感叹:"这种伟大的学习精神,也是旁人所不及的。"

组织狱中绝食

罗平在上海中国文化投资公司(后改为富通印刷公司)工作。是陈子涛编辑刊物的合作伙伴。

陈子涛等人被捕,《文萃》停刊,罗平在党领导下续编另一地下刊物,用以代替《文萃》,只编了一期,到 1947 年 9 月富通公司亦被匪特破获,罗平亦被捕入狱。 9 月底,罗平从麦琪路监狱转到蓬莱路监狱,和《文萃》案件的陈子涛关在同一牢房。

牢房中派有特务、叛徒、走狗,虽没有党小组活动,但大家心中有数,互相商量帮助,互相督促鼓舞。 狱中每天两次的饭,被讥讽为"百宝饭",内中有砂粒、碎泥、稗子,有股难闻的霉臭味,并且量又少,大家决定绝食,到打饭时,大家都站在铁窗口,不出去打饭,看守特务在旁威胁,都不睬他,直到答应改善才罢休。 陈子涛是这次绝食的发动者、领导者。

罗平在 1947 年 10 月初,由于叛徒的出卖,被拉出去用粗毛竹夹手指审讯,上老虎凳,用刑后手指不能弯曲,两脚不能着地,被小特务拖回牢房,陈子涛的无畏精神,让人印象很深。

一个晚上,突然来了很多大小特务,形势紧张,把陈子涛、吴二南、骆仲达和一个女的押走。 后来,罗平听人说,陈子涛临刑时,他把所有的衣服都穿在身上,一件也不留下,表示不让敌人在他身上得到一点好处(因为留下衣服,就会被小特务拿去)。

关心难友

韩月娟被捕时,陈子涛设法营救。 韩月娟被捕时,起初被关在亚尔培路2号中统机关,关了三四个月就转入蓬莱分局,又关了约五个月,共计关九个月。 于1948年4月份一个晚上,把韩月娟和陈子涛、骆何民、吴承德共四人押到一辆密不漏风的车子上,两个人一副手铐,吴承德和骆何民一副,韩月娟和陈子涛一副。 起初大家以为他们是被拉去枪毙了,等车子停下来一看,原来是火车站。 他们就这样到了南京,被关在宪兵司令部看守所。

韩月娟、陈子涛、骆何民、吴承德等人都受到刑讯逼供,陈子涛受刑最重,记得有一次特务为了吓唬韩月娟,叫韩月娟去陪刑,只见特务狠狠地扭陈子涛的耳朵,并用竹筷紧夹他的手指头,而陈子涛没有哼过一声。

韩月娟那时年纪小,对这种情景真是受不了,闭起眼睛不忍看。 有一次听看守特务讲:"陈子涛这个人最硬,上老虎凳时一块块砖头加上去,一点不吭声。"

韩月娟在上海被关押在蓬莱分局时,因人多,陈子涛曾参与领导过一次绝食斗争,争取到放风一刻钟,可以到室外晒晒太阳。

狱中,陈子涛一直照顾韩月娟。 陈子涛有个叔叔陈国材每星期接济他一次,他总是把带来的食品、草纸、肥皂分给韩月娟,还常常用包东西的方式把报纸递给韩月娟看。

在狱中,陈子涛、骆何民、吴承德三人都很用功,别的书特务不准看，大家就学英文。韩月娟因为年龄小，不大懂事，隔壁有一个名叫王鑫的人常常和两个女人攀谈，后来陈子涛知道后，就传来一张条子关照韩月娟，隔壁王鑫是特务，要韩月娟注意，韩月娟也就警惕不再给他答话。

下达秘密处决令

随着解放战争的节节胜利，国民党反动派灭亡的日子即将到来。敌人更加穷凶极恶，开始大肆杀害共产党员和爱国志士。对《文萃》等案的主要案犯，该如何处理，也需要尽快拿出意见。与骆何民谈话后，中统局长叶秀峰便指示中统局处长杜衡、专员孔庆骧整理归档文卷，结束可结案件。随后，中统各处、科、室对各自经办的案件和文件，都进行了彻底的整理。《文萃》一案是孔庆骧主管的，于是由他草拟报国民党蒋总裁文。文件很快起草完毕，随即呈报给叶秀峰审定。叶秀峰是骆何民姑生舅养的表兄弟。

叶秀峰一向不苟言笑，冷冷地说："放下，等我审阅后上报。"叶秀峰仔细地浏览了一遍报告。这份文件先说该案破案经过，继而叙述审讯供述情形，最后拟请准予转饬将陈子涛、骆何民、卢志英三人秘密处决等。文后还附录口供及所搜获的印刷机、铅字、《文萃》等证件。

叶秀峰点了根烟,坐在桌前,望着桌上厚厚的卷宗,陷入沉思。他想起自己在上海已经签署过"根据拟议报核"的意见,知道自己这支笔的分量,只要他一签署上报,总裁肯定会同意处置方案。如果在上海的意见勉强算是一种搪塞应付,但这一次上报总裁,却是真刀实枪,回避不了了。这也意味着,《文萃》的涉案人员可能很快就要被执行死刑。可是骆何民毕竟是自己的表弟,如果就这样处决他,以后对姑妈和骆家人都不好交代,他们会对自己恨之入骨。可是,他和骆家的关系,同僚和下属大多知道。如果只放了他一人,而处决另外两人,又势必会引起同僚的猜忌,会说他徇私枉法。上峰如果知晓,很可能会对自己的政治前途产生影响。如果因为此事处理不好,而影响他的下一步计划,那麻烦就更大了。

叶秀峰想,自己在中统打拼多年,才有今天的地位和荣耀。难不成要毁在这小子手中?不行,坚决不行!忠义难两全,自古皆然,咱们各为其主。恨就恨吧。谁在世上还没遭人恨过呢?岗位所定,职责所在,也怨不得自己无情无义了。叶秀峰轻轻地敲了敲办公桌,自言自语地说,骆何民,你只能怨你的命不好,你的信仰害了你!想到这里,叶秀峰心里似乎给自己找到了一个合适的理由。他立刻掐灭香烟,拨了一下内线电话,让秘书把杜、孔叫来。然后对他们说,按之前的意见办,不再批了,你们用代电文直接报送总裁。

过了半个月左右,蒋介石批文下达,大意是:

某某代电悉,所拟处决共匪陈子涛、骆何民、卢志英三名照准,饬宪兵司令部执行。

中统接到命令后,由指导处指导科办函,通知司令部知照。

对骆何民的牺牲,叶秀峰从亲情和道义上都负有不可推卸的责任。也许,他会认为是信仰问题。但事实上,他完全可以拖延时间,让此案不了了之。只不过,他为了自己的政治前途和所谓的大义灭亲,让三个鲜活的生命消逝在他的笔下。如此冷漠无情的叶秀峰最后也没有得到善终。1949年年初,他让独子由上海乘坐"太平号"轮船,带上万两黄金等全部家当财物,先期逃往台湾。结果,"太平轮"不太平,在舟山附近,与从台湾基隆返航的"建元号"客船相撞沉没,其子失踪,所携财物全部遗失散尽。

英勇就义

1948年4月,陈子涛被敌人从上海蓬莱路警察局押到南京的宪兵司令部看守所。他人生的最后一段自此以后都是在南京度过的。前述"中统侦缉《文萃》案的前前后后"的记述之中是这样记载陈子涛等人为何被押到南京的:

中统局沪处因对陈子涛等人一案已无发展，乃于1948年4月间，解往南京中统局，押在南京宪兵司令部看守所。

沪处在报告中曾附有对陈子涛等人的处理意见：陈子涛是首要分子，不愿悔改，在关押期间还鼓动狱潮，拟报请处决。

这里记载的"鼓动狱潮"，是指陈子涛在上海被关押期间因为伙食过分恶劣，带领大家举行绝食斗争，迫使敌人改善了伙食。难友罗平就回忆"陈子涛是这次绝食的发动者，领导者"。敌人对陈子涛使用了严刑拷打和诱降的手段，都没有让陈子涛的革命意志有过动摇，又看他在狱中发挥了斗争领袖的作用，遂有了杀心。

而陈子涛被转到南京狱中之后，依然注意学习。难友孙稚如回忆陈子涛在狱中会借阅难友的古书、唐诗、宋词，以及外国的一些小说、剧本等。在上海被捕的地下工作者卢志英这时也和陈子涛关押在一起。陈子涛向他借过书。而卢志英还告诉孙稚如，陈子涛"是个血气方刚的青年，人也很乐观。没有棋盘、棋子。你听，他就用嘴巴、用脑子和其他难友下象棋"。

在狱中凭借着幻想的棋盘和难友下象棋的陈子涛，以这样的革命乐观精神度过了南京狱中的时光。被押送到南京关押之后，陈子涛也继续关心着狱中的难友。因《文萃》案而被捕的保姆韩月娟后来写下回忆：

> 在南京我是一点没有经济来源，在上海靠同室的女友邦［帮］助，到了南京日常用的草子［纸］肥皂等都由陈之［子］涛来邦［帮］助我，凡是他外面有什么带进来吃的，都要分一份给我。

陈子涛先后被敌人在三个监狱关押。而在每一个监狱里都留下了他关心难友的事迹记述。陈子涛的崇高品德随着难友们留下的上述记述，将永远被后人崇敬和学习。

在南京关押半年之后，敌人面对人民军队在解放战争中取得一次又一次胜利，开始更为残忍地向"政治犯"下毒手了。据"中统侦缉《文萃》案的前前后后"的记述——

> 1948年12月，在国民党局势风雨飘摇之下，中统局长叶秀峰指示处长杜衡整理归档文卷，结束可结案件，因之，中统各处、科、室各人经办的文件、案件，都进行一番整理。处长室专员孔庆骥，把他所经管的陈子涛等人一案，请示处长杜衡，杜说："照批办理。"因此，孔庆骥草拟报国民党蒋总裁文……

蒋介石后来亲自批示杀害《文萃》社的陈子涛、骆何民和地下情报工作者卢志英:"所拟处决共匪陈子涛、骆何民、卢志英三名照准,饬宪兵司令部执行。"

根据资料记载,1948年12月27日晚上,敌人突然将陈子涛、骆何民、卢志英从牢房里押出来。

陈子涛在被押出之前,难友浦熙修回忆他"穿整齐了服装等候着",这种从容不迫的举动,正是陈子涛为了革命视死如归的表现。

据1951年年初上海市公安局捕获原南京宪兵司令部特务任宗炳的供认交代,陈子涛是被敌人活埋的。残暴的敌人杀害陈子涛时将他带进刑讯室,"将他捆绑起来,用棉花把嘴堵住,用毛巾勒他的颈部,用木棒猛击他的头部,在他奄奄一息的时刻,被装进木匣内活埋在雨花台"。

韩月娟回忆,第二天早晨她听到看守叙述,陈子涛、骆何民、卢志英三人临死时呼喊口号:"打倒国民党!""中国共产党万岁!"

1948年12月27日下午,大家倒马桶以后,中弄堂开始大调其号,骆何民、陈子涛被调到一号牢房,另一案的卢志英被调到三号牢房,二号牢房空起。骆何民敏锐地感觉到敌人要对他们下毒手了,他对隔壁女号一个姓孔的女医生说:"今天要执行我们了。"当即撕了一小块手纸,用铅笔写了一份遗书,连同妻子和孩子的照片,从墙壁上的小洞交给她，要她出狱后转交给他的妻子。在遗书中他写道：

  枚华：永别了，望你不要为我悲哀，多回忆我对你不好的地方，忘记我；好好照料安安，叫她不要和我所恨的人妥协！

  仓促中留下的短短四十余字，饱含了一个革命者视死如归永不屈服的大无畏精神，也饱含了一个丈夫、一个父亲依依惜别的感情。姓孔的女狱友轻轻地哭了起来。骆何民隔着墙壁对她说："别哭，孩子。我们选择了这条路，就已经将生死置之度外。我这一辈子，要论死，和阎王也打过好几个照面了。阎王到现在才来收我，我也赚了。革命很快就要胜利了，新中国的曙光已经显现，天就要大亮了。你不会有什么事，出去后，和我妻说我感谢她，让她好好生活，带好我们的孩子。生命只有一次，我这一生，一是选择了党，一是娶了她这样的好姑娘。我对自己的选择，虽九死犹不悔！你也要好好地活着，为了你选择的事业，义无反顾，一往无前。"孔姑娘含着泪不停地点头。

  12月27日，南京的天气说冷就冷。这天5点多钟，太阳就下山了，南京开始渐渐冷得像冰窖，牢房里尤其阴冷黑暗。敌人又将陈子涛、骆何民带到刑讯室，和他们"谈话"。还是老一套的劝降，陈子涛、骆何民对这种谈话方式和内容已经极其厌倦，索性闭口不言。敌人只好又将他们送回监牢。晚上，狱警破例给骆何民、卢志英、陈子涛加餐，还把他们的脚镣打开，说是放松筋骨。陈子涛预感到今晚要对他们下毒手了，反而格外镇定。他想该来的总要来，自己这一生跌宕起伏，是到结尾的时候了。

深夜 10 点钟左右，敌人声称"提审"，把陈子涛、骆何民、卢志英他们先后押了出去。骆何民非常镇静，从容不迫，说："等我围好围巾。"刽子手把他们三人拉到宪兵司令部饭厅，怕他们喊口号，就迅速把倒有麻药的毛巾强塞到他们嘴里，还紧紧按住他们的腿，并用毛巾勒住颈部，接着用木棒猛击头部，待奄奄一息之时装进早已准备好的木匣内，趁他们昏迷不醒，连夜用汽车运到雨花台，把他们活埋了。事后，宪兵队长潘立新命令参与这次谋杀的刽子手们，不许告诉任何人，妄图永远掩盖他们这一血腥罪行。

陈子涛 1920 年 12 月 28 日出生，至英勇牺牲时仅仅 28 岁。

那只象征着《文萃》生命的大皮包，饱藏着射向敌人的子弹，也饱藏着革命的火种，人民群众的心声、希望和愿望，更饱藏着一位共产党人对革命胜利的坚定信念。陈子涛远去了，然而留下的 71 期周刊、10 期丛刊，将永远记载着陈子涛的丰功伟绩。

陈子涛、骆何民、卢志英等烈士遇害后，敌人严密封锁了消息。即使骆根清、陈国材、骆孟开等人在上海、南京多方托人打探，也得不到准确的信息。这时,那个姓孔的女医生,从宪兵司令部监狱被释放后,到了香港,把陈子涛、卢志英、骆何民等人不幸牺牲的消息传了出去。敌人残忍杀害他们的消息传出后,全国各界纷纷谴责国民党反动派的罪行。1949年3月27日,香港文化界和新闻界为国民党特务在南京秘密残杀陈子涛和骆何民发表控告书。吴承德在狱中写了一首悼念二烈士的诗:

铁窗好似鬼门关,壮志未酬腰未弯。

万恶囚车急驶去,雨花台畔血斑斑。

陈国材撰文《悼陈子涛侄》

你去了,为了中国的民主自由,为了人民的解放事业,你永远地去了。

"争取民主是要代价的……跨出了门,就不准备再跨回来!"闻一多先生这种沉痛而坚决地哀悼了李公朴先生之后,他去了,完全实践了自己的话,他永远地去了。

陈子涛侄呀,你为国捐躯,在中国人民革命历史的新页上,名字是永垂不朽的。

你殉难的日子，是 12 月 27 日，就在中国人民革命军胜利快近完成的时候，就在天快亮的时候，你遭受反动派的毒手，对于你可以说是一个遗憾，也可以说是没有半点遗憾，因为求仁不得仁，中国人民解放大业已获成功，你的志愿已酬，你的理想已经开始实现，今天你在九泉之下，也会瞑目的。

当然，你死得太早了，你今天还是一个三十未满的青年，新中国需要你，中国人民需要你，而今，你是死了，像千千万万民主的战士一样你被反动派的魔手夺去了。但人们将永不会忘，今天的自由解放，将来的欢乐幸福，正是许许多多革命烈士的鲜血头颅所换来的。为了千千万万人的生存而死，这样的死是有价值的，也是无比光荣的。

不过，我总觉得愧疚，我曾想尽种种方法，却没有把自己的侄儿，没有把一个国家的人才救出来，不过一心一意实行反人民反民主的蒋介石怎样肯放过你。连接见亲属的权利也被剥夺了。宗庄叔和我，两年来给你送东西送零用，而竟不让我们和你见一次面、说半句话。就连你惨遭毒手之后，也不敢承认，不敢让亲属收殓埋葬，这多残忍，又多怯懦啊！

淮海战后，战事逼近长江，蒋介石表面上下台，李宗仁登台。亲友们都为你的安全担心，为你的安全设法。我曾去找过桂系某要员企图通过李宗仁的关系恢复你的自由。这样做法，现在想起真是多余的。他们知道南京势将不保的时候,在他们垂死的时候,他们也和蒋介石一个鼻孔出气,绝不容许你这样的革命战士活下去。

我感到矛盾而痛苦,关于你被捕的消息,除了你的坪叔和坦弟,我竟一直隐瞒着你的双亲,不让他们知道。又当证实你殉难的噩耗之后,我更不敢把消息向你双亲透露。因为我不能不考虑,在你铁哥出狱亡命桂越边境之后,又闻知你的不幸,他们怎能受得起这样重大的打击?

使我最感不安的是,京沪解放至今,日子已不算短,而你的忠骸,至今尚无处寻获,这是我最感不安,也是我要想尽方法寻到,暂时择地安葬,以待将来还骨故乡的。

你去了,为了民主自由,为了无产阶级的革命事业,你永远去了,但是人民的事业不朽,你的精神是永生的。

烈士安灵

1950年12月27日,在上海虹桥公墓建立《文萃》三烈士陈子涛、骆何民、吴承德衣冠冢。

1951年6月11日,上海市公安局派专人陪同烈士卢志英家属张育民及儿子卢大容到南京。在南京市人民政府、市民政局、雨花台烈士陵园管理处的协同下,经罪犯任宗炳现场指认,当时下午在雨花台宝林寺的后山坡，挖出并排的三口棺材，打开棺盖，烈士遗体已经腐烂，只剩下骨架，无从辨认。通过死者身上的一件墨绿色毛背心和牙齿，张育民认出了丈夫卢志英的遗体。接着陈子涛和骆何民的烈士遗体身份也被确认。

三具忠骸即被护送至南京市中山南路的中国殡仪馆内，用白布裹成人形，穿上解放装。即在山腰建坟。

1956年，南京雨花台重建陈子涛烈士墓，上海龙华烈士陵园为《文萃》三烈士即陈子涛、骆何民、吴承德分别建立烈士墓碑，不再设立衣冠冢。

1984年3月，南京雨花台烈士陵园重修陈子涛、骆何民烈士墓。

陈子涛，一位28岁的青年人将青春永远地献给了他挚爱的祖国。陈子涛为国家强大、民族独立、人民解放事业而英勇不屈，奋斗牺牲的爱国主义精神，将永远激励着无数中华儿女为实现伟大的中国梦而英勇奋斗。

尾 声

古都南京城的中华门外,有一座令人向往的雨花山,这带平台样的山丘俗称雨花台。雨花台的土层有一种特殊的石子叫雨花石。

呵！多少年来,我们一直把雨花石当作烈士的英名;多少年来,我们一直在梦里寻找这种带着神秘色彩的小石子。

在这樱花似雪、梅花飘香的清明时节,我们披着纷纷的细雨,随着潮水般的人流走进了雨花台。在青翠葱茏的山下,我们满怀深情地凝望着巍峨耸立的大型群雕,顿时心潮滚滚,思绪重重。这座雄伟挺拔的群像,不就是千千万万革命先烈的化身吗?有人为了更好地表达对烈士的哀思,用雨花石精制成祭品,以祭慰烈士的忠魂。还有人为了招徕游客,在门前摆满了一盘盘、一盏盏的雨花石,这带着灵性的小石子在水中放射出盈盈动人的光彩!

离开群雕,我们带着凝重的心情向岗坡走去。山上山下到处可见有星罗棋布的人在挖采那色彩鲜艳、花纹俊丽的圆石子,就像采撷满山遍野开放的小花。他们中间,有白发苍苍的长者,有风度潇洒的青年,有天真烂漫的小学生,也有不远万里来到这座古城的外国朋友。

雨花石——多美的名字!金辉灿灿,流光溢彩。然而,在我们看来,这玲珑剔透的雨花石,不是天上撒落的,也不是地下长出的,而是用鲜血染成的!

多少年来,雨花台一直是历代兵家争夺的古战场。太平天国时,忠王李秀成率领的队伍,在这里抗击过曾国藩的进攻;辛亥革命中,起义部队与清兵在这里展开过激烈的交锋……战鼓声、呐喊声,此伏彼起,接连不断。可是,到了1949年前夕,国民党反动派却把它当作屠杀共产党人、革命志士的刑场。在那腥风血雨的年代,数以十万计的中华优秀儿女,都英勇无畏地牺牲在这里,白骨成山,鲜血成河!中国人民的好儿子——陈子涛烈士的忠骨,就埋在这英雄的山上。

陈子涛,多么熟悉、多么亲切的名字! 此刻,站在烈士的墓前,我们的心被一种无形的力量拨动着,悲恸的泪水,自豪的泪水,不由自主地连连落下,渗进了捧在手里的雨花石。

透过轻纱似的蒙蒙细雨,我们仿佛看到——陈子涛烈士身挎一只特大的黑色公文包,时而行走在上海的大街小巷,时而在伏案撰稿,为编辑出版我党的刊物《文萃》而出生入死,忘我工作。 想起陈子涛烈士遭受惨无人道的迫害,我就心如刀绞,不禁老泪纵横。 现在,雨花台烈士纪念馆里,还陈列着陈子涛烈士生前用过的公文包。

立于陈子涛烈士墓前,飘飘扬扬的细雨满天飞洒,更增加了对烈士的无比哀思。

陈子涛,好一个用钢铁炼成的人民英雄!

1948年12月27日,年仅28岁的陈子涛被国民党反动派杀害于雨花台。 烈士的英魂不灭,烈士的精神永存! 烈士的青春,烈士的鲜血把一颗颗雨花石染得更亮、更美、更晶莹、更圣洁。

雨花石,你令人神往,给人启迪,催人向上。 为了表达对烈士的哀思,我们虔诚地把捧在手里的雨花石轻轻放在陈子涛烈士的墓前,默默地静立了许久,许久……

主要参考文献

1. 中共玉林市委党史办公室编:《陈子涛烈士事迹专辑》(内部资料),1985年版。

2. 周荣广:《中华双英》,中国文史出版社2011年版。

3. 卢大容:《和爸爸一起坐牢的日子》,少年儿童出版社1954年版。

4. 丁启清、解晶、艾新军、黄鹏编著:《革命英烈传》,苏州大学出版社2010年版。

5. 周冠军:《雨花台烈士传丛书——骆何民传》,江苏人民出版社2017年版。

6. 陈铁健:《寻真无悔:陈铁健八十文录》,山西人民出版社2014年版。

7.《南京日报》:《穿越时空的对话——永别了! 不要和我所仇恨

的人妥协》,2015年3月。

8. 上海人民出版社党史资编:《党史资料丛刊第3辑》,上海人民出版社1981年版。

9. 范用:《泥土脚印》,生活·读书·新知三联书店2008年版。

10. 胡允恭:《金陵丛谈》,人民出版社1985年版。

11. 贾植芳:《我的人生档案:贾植芳回忆录》,江苏人民出版社2009年版。

12. 江沛:《近代史研究——南京国民政府时期舆论管理评析》1995年3期。

13. 江苏省民政厅、中共泗洪县党史办编印:《缅怀江上青烈士》,江苏人民出版社2000年版。

14. 黎澍:《早岁》,湖南人民出版社1986年版。

15. 骆根清:《新闻与传播研究》:《生命不息,战斗不止——纪念骆何民烈士》1983年第1期。

16. 骆根清:《新闻与传播研究》:《忆湖南〈开明日报〉》1984年第1期。

17. 《上海监狱志》编纂委员会编:《上海监狱志》,上海社会科学院出版社2003年版。

18. 石凌据李华龙口述整理:《魔窟内情——我在国民党中央宪兵

司令部的所见所闻》，南京地方志。

19. 谈嘉佑：《〈文萃〉三烈士之一——骆何民小传》，《新闻记者》1984年第二期。

20. 万东：《一个真实的中统局长叶秀峰》，中国论文网，2012年。

21. 向顷：《我在国民党监狱的596天》，巾帼颂博客，2014年。

22. 谢其章：《范用哭唤〈文萃〉三烈士》，《今晚报》，2016年。

23. 中共淮安市委党史工作办公室编：《李干成纪念文集》，中央党史出版社2008年版。

24. 中共江苏省委党史工作办公室、中共南京市委党史工作办公室、雨花台烈士陵园管理局编：《雨花魂》，中共党史出版社2015年版。

25. 中共江苏省委党史工作办公室、中共扬州市委编：《春水绿杨风曼暖——纪念江上青文集》，中央文献出版社2011年版。

26. 中共上海市普陀区委组织部、中共上海市委党史资料征集委员会等编：《中共上海市普陀区组织史资料》（1924.9—1987.10），上海人民出版社1991年版。

27. 中共上海市委党史研究室编：《抗日战争时期上海学生运动史》，上海翻译出版公司1991年版。

28. 中共上海市委党史研究室编:《文萃》(含《文萃琐记》),上海世纪出版股份有限公司、上海书店出版社 2011 年版。

29. 中共上海市委党史研究室编:《中国共产党上海史》(1920—1949),上海人民出版社 1999 年版。

30. 中共上海市委党史资料征集委员会、上海市民政局合编:《上海英烈传——上海解放 40 周年专辑第四卷》,1989 年版。

31. 中国人民政治协商会议江苏省委员会文史资料研究委员会编:《江苏文史资料选辑》(第九辑),江苏人民出版社 1982 年版。

32. 朱正:《报人浦熙修》,湖北人民出版社 2005 年版。

33. 吕胜梅:《雨花台烈士传丛书——卢志英传》,江苏人民出版社 2016 年版。

34. 《雨花》,《殷红的记忆》特刊,2016 年第 9 期。

35. 袁冬林:《浦熙修:此生苍茫无限——大象人物聚焦书系》,大象出版社 2002 年版。

36. 黎澍:《辛亥革命前后的中国政治》,人民出版社 1954 年版。

37. 刘丽北主编:《奋起者之歌　刘火子诗文选》,东方出版中心 2011 年版。

38. 莫乃群:《晚晴集》,广西民族出版社 1986 年版。

39. 莫乃群主编:《广西地方简史》,《广西文史资料选辑》,《广西历史人物传》,《广西史志资料丛刊》,广西民族出版社1983年版。

40. 莫乃群:《历史唯物论浅说》,三联书店1949年版。

41. 江苏省革命斗争史编纂委员会、江苏省档案局编:《江苏革命史料选辑:革命烈士英雄事迹专辑》(内部资料),1981年版。

42. 谢蔚明等:《忆浦熙修》,文汇出版社1999年版。

43. 邹韬奋主编:《全民抗战》,湘潭大学出版社2014年版。

44.《文汇报》,1949年7月23日。

45.《新华日报,1949年7月23日。

46.《解放日报》,1955年2月27日。

47.《大公报》,1949年12月26日,1949年12月30日。

48.《大公报》,1949年12月27日。

49.《大公报》,1949年12月28日。

50.《新华日报》,1951年6月15日。

51.《大公报》,1949年7月23日。

52. 上海社会科学院:《社会科学》,1982年。

53.《人民文学》,1963年11月。

54.《人民日报》,1963年12月30日。

55.《新华日报》,1951年7月1日。

56.《郁州》总22期,1985年。

57. 南京雨花台烈士陵园管理处史料室编：《雨花台革命烈士故事》，江苏人民出版社1983年版。

58. 南京雨花台烈士陵园管理处史料室编：《雨花台革命烈士书信选》，江苏人民出版社1983年版。

59. 雨花台烈士纪念馆编：《雨花台烈士纪念册》（内部资料），1977年版。

60. 南京雨花台烈士陵园管理处编：《雨花台革命烈士史迹简介》（内部资料），1977年版。

61. 南京雨花台烈士纪念馆编：《雨花台革命烈士斗争纪实》，江苏少年儿童出版社1983年版。

62. 《当代广西》2005年第22期。

63. 南京史志编辑部编：《南京史志》，南京出版社1998年版。

64. 中国社会科学院新闻与传播研究所：《新闻与传播研究》1989年第2期。

65. 《文萃》周刊72期，丛刊10期。

66. 《江苏文史资料》编辑部编：《中统特工秘录》（内部资料）1991年版。

67. 《中国统一战线全书》编委会编，任涛主编：《中国统一战线全书》,国际文化出版公司 1993 年版。

68.《中华英烈事迹读本》编写组编:《中华英烈事迹读本》第 1 卷,新华出版社 2019 年版。

69. 陈科嘉著:《〈文萃〉的舆论宣传研究》,上海交通大学出版社 2017 年版。

70. 成都市政协文史学习委员会编:《成都文史资料选编 解放战争卷》,四川人民出版社 2006 年版。

71. 成都市政协文史学习委员会编:《成都文史资料选编 解放战争卷》,四川人民出版社 2007 年版。

72. 方汉奇、史媛媛主编,赵永华等撰稿:《中国新闻事业图史》,福建人民出版社 2006 年版。

73. 广西日报新闻史志编辑部编:《桂系报业史》(内部出版资料),广西日报新闻史志编辑部 1997 年版。

74. 贺金林等:《1944 年桂林保卫战研究》,湘潭大学出版社 2016 年版。

75. 黄德俊主编:《桂西文史录 1911—1937.第 2 辑》广西人民出版社 1996 版。

76. 金炳华主编:《上海文化界奋战在"第二条战线"上史料

集》,上海人民出版社 1999 年版。

77. 黎澍:《黎澍自选集》,广东人民出版社 1998 年版。

78. 刘绍卫:《中国共产党与广西抗战——政治交往理性的实践》,广西人民出版社 2006 年版。

79. 刘小林:《桂林抗战文化与中华民族精神》,广西师范大学出版社 2018 年版。

80. 魏华龄、曾有云主编:《桂林抗战文化研究文集 3》,广西师范大学出版社 1995 年版。

81. 叶再生:《中国近代现代出版通史.第 4 卷》,华文出版社 2002 年版。

82. 叶再生主编:《出版史研究第三辑》,中国书籍出版社 1995 年版。

83. 于化庭:《中国共产党的抗战历程.下》,济南出版社 2019 年版。

84. 中共广西区委党史研究室编:《中共广西地方历史专题研究:民主革命时期综合卷》,广西人民出版社 2001 年版。

85. 中共广西壮族自治区委党史研究室、广西壮族自治区民政厅编:《中共广西党史人物传.第 3 辑》,广西人民出版社 1997

年版。

86. 中共广西壮族自治区委员会党史研究室编：《红色留踪：广西革命遗址遗迹览胜.下》，广西民族出版社 2012 年版。

87. 中共广西壮族自治区委员会党史研究室编著：《风范：新民主主义革命时期的中共广西党史人物》，广西人民出版社 2017 年版。

88. 中共玉林地委党史办公室编：《桂东南英烈传.第 1 辑》（内部出版），中共玉林地委党史办公室 1993 年版。

89. 中共玉林市委党史办公室编：《中国共产党玉林历史.第 1 卷》，广西人民出版社 2010 年版。

90. 中国人民抗日战争纪念馆编著：《抗战英烈谱》，团结出版社 2017 年版。

91. 中国人民政治协商会议武鸣县委员会文史资料委员会编：《武鸣文史资料.第 4 辑》（内部出版），中国人民政治协商会议武鸣县委员会文史资料委员会 1990 年版。

92. 中国人民政治协商会议玉林市委员会办公室编：《玉林市文史资料.第 6 辑》（内部出版），中国人民政治协商会议玉林市委员会办公室 1984 年版。

93. 中国人民政治协商会议玉林市委员会办公室编:《玉林市文史资料.第 8 辑》(内部出版),中国人民政治协商会议玉林市委员会办公室 1984 年版。

94. 中国人民政治协商会议玉林市委员会办公室编:《玉林市文史资料.第 11 辑》(内部出版),中国人民政治协商会议玉林市委员会办公室 1986 年版。

95. 中国人民政治协商会议玉林市委员会办公室编:《玉林市文史资料.第 15 辑》(内部出版),中国人民政治协商会议玉林市委员会办公室 1988 年版。

96. 中国社会科学院新闻研究所《新闻研究资料》编辑室编:《〈新闻研究资料〉丛刊.第 4 辑》,新华出版社 1981 年版。

97. 陈芦荻撰:《关于陈子涛烈士在桂林广西日报工作时期,我所了解的情况》,雨花台烈士纪念馆馆藏档案文献。

98. 唐健:《忆陈子涛同志二三事》,雨花台烈士纪念馆馆藏档案文献。

99. 雨花台烈士纪念馆馆藏档案文献:《陈子涛烈士的调查报告》。

100. 雨花台烈士纪念馆馆藏档案文献:《关于我所了解的陈子

涛情况》。

101. 雨花台烈士纪念馆馆藏文献：《关于陈子涛烈士的资料》。

102. 雨花台烈士陵园整理：《"文萃"两烈士——陈子涛同志、骆何民同志》。

雨花忠魂·雨花英烈系列纪实文学

《流火：邓中夏烈士传》　　　　　　　龚　正 著
《落英祭：恽代英烈士传》　　　徐良文　于扬子 著
《去留肝胆：朱克靖烈士传》　　　　　王成章 著
《夜行者：毛福轩烈士传》　　　　　　周荣池 著
《残酷的美丽：冷少农烈士传》　　　　薛友津 著
《爱莲说：何宝珍烈士传》　　　　　　张文宝 著
《飙风铁骨：顾衡烈士传》　　　　　　邹　雷 著
《碧血雨花飞：郭纲琳烈士传》　　　　张晓惠 著
《"民抗"司令：任天石烈士传》　　　　刘仁前 著
《青春永铸：晓庄十烈士传》　　　　　蒋　琏 著

《文心涅槃：谢文锦烈士传》　　　　　周新天 著
《丹心如虹：谭寿林烈士传》　　　　　刘仁前 著
《云间有颗启明星：侯绍裘烈士传》　　唐金波 著
《风向与信仰：金佛庄烈士传》　　　　李新勇 著
《栽种一棵碧桃：施滉烈士传》　　　　蒋亚林 著
《雄关漫道：陈原道烈士传》　　　　　杨洪军 著
《忠贞：吕惠生烈士传》　　　　　　　辛　易 著
《红骨：黄励烈士传》　　　　　　　　雪　静 著
《热血荐轩辕：李耘生烈士传》　　　　张晓惠 著
《世纪守望：徐楚光烈士传》　　　　　李洁冰 著

《以身殉志：邓演达烈士传》　　　　王成章 著
《逐潮竞川：孙津川烈士传》　　　　肖振才 著
《生命的荣光：朱务平烈士传》　　　吴万群 著
《信仰无价：许包野烈士传》　　　　裔兆宏 著
《金子：杨峻德烈士传》　　　　　　蒋亚林 著
《血花红染胜男儿：张应春烈士传》　李建军 著
《青春祭：邓振询烈士传》　　　　　吴光辉 著
《任凭风吹雨打：罗登贤烈士传》　　龚　正 著
《红灯永远照亮中国：吴振鹏烈士传》曹峰峻 著
《青春的瑰丽：陈理真烈士传》　　　薛友津 著
《长淮火种：赵连轩烈士传》　　　　王清平 著
《青春绝唱：贺瑞麟烈士传》　　　　刘剑波 著
《逐梦者：刘亚生烈士传》　　　　　李洁冰 著
《抱璞泣血：石璞烈士传》　　　　　杨洪军 著
《新生：成贻宾烈士传》　　　　　　周荣池 著

《血色梅花：陈君起烈士传》　　　　杜怀超 著
《文锋剑气耀苍穹：洪灵菲烈士传》　张晓惠 著
《红云漫天：蒋云烈士传》　　　　　徐向林 著
《在崖上：王崇典烈士传》　　　　　蒋亚林 著
《生死赴硝烟：夏雨初烈士传》　　　吴万群 著
《八月桂花遍地开：黄瑞生烈士传》　辛　易 著
《英雄史诗：袁国平烈士传》　　　　浦玉生 著
《青春风骨：高文华烈士传》　　　　吴光辉 著
《魂系漕河四月奇：汪裕先烈士传》　赵永生 著
《犹有花枝俏：白丁香烈士传》　　　孙骏毅 著

《向光明飞翔：朱杏南烈士传》　　　　梁　弓 著
《长虹祭：陈处泰烈士传》　　　　　　李洁冰 著
《浩气长存：周镐烈士传》　　　　　　胡继云 著
《山丹丹花开：胡廷俊烈士传》　　　　杜怀超 著
《铁血飞雁：赵景升烈士传》　　　　　陈绍龙 著

《壮怀激烈：顾浚烈士传》　　　　　　梁成琛 著
《麟出云间：姜辉麟烈士传》　　　　　杨绵发 著
《燃烧的云：谢庆云烈士传》　　　　　晁如波 著
《一饮余香死亦甜：黄樵松烈士传》　　赵永生 著
《于无声处：李昌祉烈士传》　　　　　刘晶林 著
《正气贯长虹：高波烈士传》　　　　　陈恒礼 著
《向死而生：陈子涛烈士传》　　张荣超　谢昕梅 著